Beamte und Erotik

Der Autor

Wolfgang A. Gogolin, geboren 1957, publiziert in seiner Heimatstadt Hamburg. Nach dem Studium in Berlin war er kurz als Rechtspfleger und lange Jahre Standesbeamter tätig. Zuletzt erschien im Jahre 2004 sein Roman 'Der Puppenkasper. Weibliche Macht – Männliche Ohnmacht'. Der Autor ist Mitglied der Literatengruppe WortWerk (www.wortwerk-hamburg.de).

In 2005 veröffentlichte Kurzgeschichten:

Der rote Fluss (Verlag Lindow)
Rosis Mission (Gipfelbuch-Verlag, Anthologie *Easteregg*)
Klischee (Verlag Lindow)
Krone der Schöpfung (Verlag Lindow)
Leben als Klischee (Verlag Lindow)
Die indische Massage (Verlag Lindow)
Mausezahn (Bookspot-Verlag, Anthologie *Der goldene Zahn*)
Famous Last Words (Uschtrin-Verlag)

Für *Christl*

Titelzeichnung
Gabriele Paebst, Hamburg

Lektorat
Lektorat Vera Hesse
Unter den Eichen 2
57635 Ersfeld
www.lektorat-vera-hesse.de

Wolfgang A. Gogolin

Beamte und Erotik

Kurzgeschichten

Bibliografische Information Der Deutschen Bibliothek:
Die Deutsche Bibliothek verzeichnet diese Publikation in der Deutschen Nationalbibliografie; detaillierte bibliografische Daten sind im Internet über http://dnb.ddb.de abrufbar

Sämtliche dargestellten Personen, Orte und Handlungen sind frei erfunden. Ähnlichkeiten oder Übereinstimmungen mit lebenden oder verstorbenen Personen wären zufällig und sind unbeabsichtigt.

Fromm und Hagelstein

Fromm und Hagelstein arbeiteten seit fünfundzwanzig Jahren im Rechtsamt der Stadt Hamburg. Beide waren Juristen ohne Doktortitel und entschieden über die Widersprüche der hanseatischen Bürger. Zwischen den Männern hatte sich im Lauf der Jahre eine ungewöhnliche Zuneigung entwickelt, wenngleich nicht von Männerliebe im Wortsinn die Rede sein konnte. Weder Fromm noch Hagelstein hätte zugegeben, dass er den anderen auch nur ansatzweise mögen würde. Jedoch schlichen sich gelegentlich unübersehbare Bande der Zuneigung in das triste Verwaltungsbüro ein.

Für Verwaltungsbeamte bedeuten Emotionen nichts anderes als unwägbare Abwärtsstrudel ins dschungelgleiche Chaos menschlicher Niederungen. Daher war es das Höchste der Gefühle, wenn Hagelstein eine Tafel seiner Lieblingsschokolade „Marabou" in die Mitte der beiden Schreibtische schob und seinen Kollegen an dem, wie er es gern nannte, größten Triumph der schwedischen Chocolatiers teilhaben ließ. Die sorgfältig in Stückchen zerteilte Schokolade kam zum Einsatz, sobald es Erfolge zu feiern gab. Einerlei, ob kleinere oder größere Erfolge, Hauptsache, einmal am Tag feiern. Die Zeremonie begann mit dem Öffnen der unteren Schreibtischschublade und endete mit selig lächelnden Gesichtszügen angesichts des zarten Schmelzes, der langsam seinen Abgang suchte.

Grundsätzlich wurden Bürgerbegehren streng nach den Buchstaben des Gesetzes entschieden. Der Abstand zwischen diesen Buchstaben ließ allerdings einen gewissen Spielraum, den man im Allgemeinen positiv für den Antragsteller auslegte. Man war schließlich bürgerfreundlich. Zuweilen allerdings, wenn ein vorsätzlich renitenter Bürger unverschämt wurde, kam die sekundäre Auslegung des Gesetzes in Form eines Ablehnungsbescheides inklusive Rechtsmittelbelehrung zur Anwendung.

„Hagelstein!", gellte Fromms Stimme in der Herrentoilette, „Komm herunter vom Topf, deine Akte Füllgraf ist gerade am Telefon und will die faule Beamtensau sprechen, die sich so lange Zeit lässt mit der Bearbeitung!"

In der Toilettenkabine waren Flüche und das Klappern eines Gürtels zu hören. Hagelstein stürmte ins Büro. Fromm saß grinsend auf seinem Stuhl, den Telefonhörer hatte er bereits aufgelegt.

„Du hättest dich nicht so sehr beeilen müssen, Hagelstein. Ich darf dir von Herrn Füllgraf ausrichten, dass du offensichtlich sogar beim Scheißen zu langsam bist."

Hagelstein setzte sich. Atmete tief durch. Versuchte den mentalen Mittelpunkt zu finden und seine beamtische Ruhe zu reinitialisieren. Er entspannte sich vollkommen und warf sodann einen gefühlsbereinigten Beamtenblick auf seinen Schreibtisch. Der Zufall wollte es, dass ausgerechnet die Akte Füllgraf in Griffweite lag. Glückes Ungeschick.

Er nahm das oben aufliegende, absendebereite Schriftstück und zerriss es langsam und lustvoll. Hier und jetzt endete die Bürgerfreundlichkeit. Hagelsteins blutendes Beamtenherz schrie nach grausamer Vergeltung.

„Was für ein dummer, dummer Fehler", Hagelstein schüttelte bedächtig den ergrauten Kopf, „eigentlich wollte ich einen positiven Bescheid an Füllgraf schicken." Seine Stirn warf Basset-Falten und ein diabolisches, rotes Flämmchen flimmerte in den Augen.

Fromm betrachtete die Situation über die Halbbrille hinweg

und wusste, dass sein Gegenüber nunmehr virtuos und antriebsstark die sekundäre Auslegungsmöglichkeit des Gesetzes zu Papier bringen würde. Eine brillante Ausformulierung des Ablehnungsbescheides kostete zwar Zeit, doch am Ende wartete guter Lohn – Schokolade!

Die gleichsam zusammengewachsenen Beamtenmänner ergänzten sich. Ihr Gerechtigkeitssinn hatte nach fünfundzwanzig Jahren eine pragmatische Ausprägung erhalten nach dem Motto: Ein hervorstehender Nagel ist einzuschlagen, ein Nagel aber, der zu tief eingeschlagen wurde, muss emporgezogen werden. Sie empfanden sich als Robin Hood und Bruder Tuck der Hamburger Verwaltung.

Fromm war dreiundsechzig Jahre alt und ging kommenden Freitag in den wohlverdienten Ruhestand. Hagelstein hatte erst einundsechzig Lenze erreicht und noch zwei Jahre vor sich, bis er seinem Kollegen in den Ruhestand folgen konnte. Die beiden sprachen nicht über ihre bevorstehende Trennung. Einigkeit ohne Worte.

Die Abschiedsfeier fand in kleinem Rahmen statt, eine Laudatio war bereits gehalten und der Bezirksamtsleiter hatte Fromm voller Würde die Entlassungsurkunde aus dem öffentlichen Dienst überreicht. Für den geselligen Teil standen Käseschnittchen und Sekt bereit. Fromm gesellte sich zu Hagelstein.

„Hagelstein, hast du schon gehört", flüsterte Fromm, „man hat meinen Nachfolger bestimmt. Es ist ..." Fromm kam ins sprachliche Stolpern, „es ist eine ..." Er nahm noch einen großen Schluck Sekt zu sich und Hagelstein schaute ihn fragend an. „Es ist eine Frau!" Jetzt war es heraus. Das Wort „Frau" betonte er, als wäre er auf eine Tarantel getreten, deren Gedärme nunmehr an den Rändern seines Schuhs hervorquollen. Hagelstein nahm ebenfalls einen tiefen Schluck und erwiderte: „Igitt!" Die Herren des höheren Verwaltungsdienstes assoziierten kollektiv.

Hagelstein bemühte sich sofort, aber wegen Raummangels vergeblich, um ein Einzelzimmer. Seine Seele schaltete auf Eindringlingsalarm, als sie die Neue, Frau Dr. jur. Heike Jahn, eine forsche Mittvierzigerin, sah. Die arbeitete bisher als vom üblichen Dienst freigestellte Personalratsvertreterin mit dem Aufgabenschwerpunkt „Durchsetzung der Gleichstellung von Frauen im öffentlichen Dienst". Im Laufe der Vorstellung machte Frau Jahn unbewusst einen entscheidenden, nicht heilbaren Fehler: Sie wies Hagelstein darauf hin, dass er ihren Doktortitel in der Anrede vergessen hatte. Für den Juristen ohne Promotion mehr als ein Faustschlag ins Gesicht, fast schon ein Kieferbruch.

Hagelstein durchlitt zwei harte Wochen mannhaften Überlebenskampfs. Seine Kollegin parfümierte sich im gleichen Maße, wie ein Iltis stinkt, schminkte ihre Lippen grell in der Farbe eines verlängerten Pavianrückens, argumentierte zickengleich und palaverte stundenlang am Telefon mit ihrer Mutter. Wie ein Papagei, der nur die Worte „Ja, Mutti" kennt. Hagelsteins morgendliche Übelkeit lag, wie er bald herausfand, am Raumduft „Wellness für die Sinne", den Frau Doktor zur Hebung des Büroklimas reichlich versprühte. Als sie sich eines Morgens zum Frühstück ein Glas dänischer Heringshappen in Currysauce gönnte, wurde es Hagelstein zu viel: Er floh ins Archiv, rief seinen ehemaligen Kollegen Fromm an und klagte sein Leid.

Fromms breites Grinsen am anderen Ende spürte Hagelstein fast körperlich. „Hör zu, Hagelstein! So etwas kann man doch elegant lösen. Finde den Schwachpunkt der Frau Doktor und drücke gnadenlos drauf." Fromm machte eine Kunstpause. „Das ist ganz einfach. Sie war doch Personalratsvertreterin in Frauensachen. Lass den fiesen Macho raushängen und sage ihr süffisant, dass sie richtig geile Titten hätte – schon ist dein Problem erledigt!" Fromm prustete vergnügt los, der Ruhestand tat ihm offenbar gut.

„Fromm, du hast nicht mehr alle Tassen im Schrank. Ich bin Beamter des höheren Verwaltungsdienstes, habe eine ehrbare Familie, bin in gesetztem Alter und kann eine günstige Sozialprognose vorweisen", entgegnete Hagelstein, beinahe ohnmächtig. „Das würde ich niemals über die Lippen bringen."

Fromm versuchte, Hagelstein, zum Aussprechen des Satzes „Sie haben aber geile Titten" zu überreden. Die Sprechübungen endeten jedoch fruchtlos.

Unerwartet wurde die Tür geöffnet und Frau Jahn stolzierte herein. Sie hatte ihre Heringshappen in Currysauce vertilgt und wollte einen Stapel grüner Hängeordner in die schmalen Archivreihen einsortieren. Unwillkürlich schaute Hagelstein auf ihre Oberweite. Eine derartige Unwillkürlichkeit war ihm noch nie unterlaufen. Wozu Frauen einen gesunden Mann doch treiben können, dachte er.

Frau Doktor hatte ein T-Shirt mit v-förmigem Ausschnitt gewählt, ein dralle Vorlage für Fromms Vorschlag. Hagelstein schwitzte, ihm wurde wieder übel. Er war kein Mensch dreister Sprüche. Der bloße Gedanke an die Wortwahl, die Fromm ihm nahe gelegt hatte, beschämte ihn. Noch stand die Zicke hinter ihm. Vielleicht klappte es ja mit dem Satz, wenn er all seinen Mut zusammennehmen könnte. Schamröte kroch sein Gesicht empor. Er legte den Hörer auf, drehte sich zu seiner Kollegin und räusperte sich. Er wusste, wenn er jetzt nicht seinen Mann stände, müsste er bis zur Pensionierung dänische Heringshappen in Currysauce mit Wellness für die Sinne ertragen.

Hagelstein stand in Tuchfühlung zu seinem Problem, räusperte sich erneut. Das Problem wandte sich zu ihm um und sah ihn verwundert an. Stille setzte ein. Gegenseitiges, intensives Beäugen. Frau Doktor nahm einen stark schwitzenden, rotgesichtigen Kollegen wahr, der mit weit geöffneten Augen auf ihr Dekolleté starrte und mehrfach „Titten" stammelte.

Herrn Oberregierungsrat Hagelstein wurde nun schnell, trotz Raummangels, ein Einzelzimmer zugewiesen. Man konnte Frau Doktor Jahn keinesfalls zumuten, mit einem solchen Unhold weiter den Raum zu teilen.

Die Untat „sexuelle Belästigung am Arbeitsplatz" behandelte man diskret, schließlich war Hagelstein unbescholtener Ersttäter. Wenngleich Frau Jahn diese Verfehlung Hagelsteins als typischen Akt allgegenwärtiger, männlicher, sexistischer Vormachtsstellung geißelte und diesen am liebsten allen schwachen Frauen und damit potenziellen Opfern im öffentlichen Dienst bekannt gemacht hätte. Keine Lichterketten, kein Hungerstreik, kein Aufstand der Anständigen, kein Mahnmal – nur Stille.

Diese Stille, wie auch die Stille in seinem Einzelzimmer genoss Hagelstein. Er wertete seine Aktion als Erfolg. Fromm und Hagelstein trafen sich am folgenden Wochenende zum Angeln. Schweigend saßen sie am Alsterufer, von aufgeregt tanzenden Mücken umschwirrt. Fromm nahm eine Tafel Marabouschokolade zur Hand, öffnete sie gemächlich, zerteilte sie in Stücke und reichte seinem kernigen Ex-Kollegen die Tafel. Die Herren sahen sich an, nahmen jeder ein Stückchen von der Köstlichkeit und wussten in unausgesprochener Übereinkunft, dass verdiente Erfolge am besten mit dem größten Triumph schwedischer Chocolatiers gefeiert wurden.

Regierungsobersekretärin Katrin Schmitz

Sie hieß Katrin Schmitz, geschrieben mit „tz" wie „Tür zu". Katrin war Beamtin des mittleren Dienstes in Frankfurt. Jeder Arbeitstag begann um 07.00 Uhr morgens mit der „Frankfurter Rundschau" und einem Becher duftenden Kaffees ohne Zucker. Danach ordnete sie ihren Schreibtisch, obwohl es nicht viel zu ordnen gab, und sah missvergnügt dem Publikumsansturm um 08.00 Uhr entgegen.

Ich bin gespannt, dachte sie, wie viele mündige Bürger heute meine Geduld mit der Floskel „Ich habe nur eine Frage" oder mit „Ich weiß nicht, ob ich hier richtig bin" auf die Probe stellen. Derlei unerquicklichen Gedanken hing sie jeden Morgen nach, nachdem sie im Foyer des Amtes die Stechuhr zum Stechen gebracht hatte.

Regierungsobersekretärin Frau Schmitz, im fortgeschritten heiratsfähigen Alter von zweiunddreißig Jahren, lebte noch immer unbemannt. Eine üppige Figur, dazu der Charme ihrer Haartönungscreme, die den Farbnamen „Palisander" trug, verliehen ihr eine gewisse Attraktivität. Jene gewisse Attraktivität, um die sie sich sehr bemühte und auf die Männer flogen.

Katrin strebte zielorientiert und beamtisch genau auf die Erfüllung ihrer Wünsche zu:

Zuerst brauchte sie einen Mann, der sie heiratete. Danach brauchte sie ein Kind, um dann nie wieder zu arbeiten. Keine Stechuhr wollte Katrin mehr zum Stöhnen bringen. Einen Mann zum Stöhnen zu bringen, genügte als Lebensaufgabe. Doch bisher stellten sich trotz eifrigen Bemühens um einen Gatten nur Negativbescheide ein.

Für lebensordnende Aktivitäten sollte eine Erschwerniszulage für ledige Beamtinnen geschaffen werden, sinnierte Katrin. Mittlerweile hatte sie ihr Amt abgegrast und galt als Wanderpokal für Glücksritter des männlichen Kollegenkreises im gehobenen Dienst. Katrin musste betrübt feststellen, dass es mit dem Hochschlafen nicht klappen würde. Daher sah sie sich Karl-Heinz von der Poststelle näher an, der ebenfalls im mittleren Dienst tätig war.

Karl-Heinz, Mitte dreißig, Steuerklasse 1, ledig, ohne Kinder. Als Katrin ihn zum ersten Mal sah, babbte er gerade die Klebetüte eines Einschreibeformulars elegant auf einen Brief. In diesem Augenblick wusste sie: Das ist der Mann, den ich will.

Sie fand Karl-Heinz nahezu göttlich. Besonders, wenn er Briefe, statt sie mit der Frankiermaschine zu bearbeiten, nur für sie manuell mit einer Briefmarke versah. Was präzise bedeutete, dass die gute, alte Beamtenzunge zum Einsatz kam. Sobald Karl-Heinz genüsslich seine Zunge über die gummierte Fläche des Postwertzeichens fahren ließ, fühlte sie ihr Becken warm durchströmt.

Beamtin auf Lebenszeit Katrin Schmitz schob die rote Tagesmarkierung auf der durchsichtigen Gleitschiene des Dreimonatsübersichtskalenders auf die Elf. Elfter Mai, sie würde heute bereit sein. Bereit zu allem. Wilde Entschlossenheit, gepaart mit organisatorischem Geschick, hob sie in diesem Moment von der breiten Beamtenmasse ab.

Katrin hatte sich entschieden, ihrer Lebensplanung eine Realitätsanpassung zu gönnen, an Flexibilität mangelte es ihr nicht. Sie entschied sich kühn für die Variante: erst Mann, dann Kind, gefolgt von einer Heirat mit anschließendem Hausfrauenparadies. Katrin würde einen neuen Aktendeckel für ihr Leben eröffnen. Karl-Heinz wusste noch nichts von seinem bevorstehenden Vaterglück. Mit Akribie hatte sie Listen nach „Knaus-Ogino" angelegt. Diese Messlisten der Basaltemperatur lagen nur kurz ungeordnet auf dem heimatlichen Schreibtisch. Ein roter Ablagekorb trug die süße Last des bürokratischen Vorspiels der Menschwerdung.

Heute stand ihr Eisprung bevor.

Karl-Heinz sollte bald in den Genuss der Steuerklasse 3 kommen und von seiner künftigen Gattin den domestizierenden Schliff erhalten. Katrin verwandte die typischen Einsatzwerkzeuge, Champagner, Kerzen, Parfum. Zarte, spitzenbesetzte Dessous hatte sie schon morgens angezogen. Vielleicht, überlegte sie, mutiert Karl-Heinz doch noch zum Tiger, sobald die Wohnungstür geschlossen ist. Manchmal fürchtete sie, an einen perversen Spinner zu geraten. Aber bei Karl-Heinz schienen ihr solche Ängste unangebracht zu sein, nachdem sie gesehen hatte, wie liebevoll er die Typen seiner veralteten Schreibmaschine mit einem Knetgummi reinigte. Katrin fühlte sich siegessicher. Sie roch Moschus, Erziehungsgeld, Kindergeld und ein sorgenfreies Leben auf dem Sofa.

Katrin Schmitz, Regierungsobersekretärin, Beamtin auf Lebenszeit, plante ihren Tagesablauf: während des Dienstes emotionslos, nach Feierabend hemmungslos und nach körperlichem Einsatz gewissenlos.

Regierungsobersekretär Karl-Heinz

Karl-Heinz Bodelschwing schuftete als Beamter des mittleren Dienstes in Frankfurt.

Sein Arbeitstag begann um 07.30 Uhr mit dem Sportteil der „Frankfurter Rundschau" und einem Becher duftenden Kaffees mit Sahne und Zucker. Danach ordnete er seinen Schreibtisch, obwohl es nicht viel zu ordnen gab, und begoss seine nach Pflegeanweisung behütete Tomatenpflanze, die als Erfolgsaussicht eine reichhaltige Ernte von rein biologisch angebauten Paradiesäpfeln bot. Karl-Heinz leistete in der Poststelle des Amtes aufopferungsvoll seinen Dienst. Unzählige Briefe, Päckchen und Pakete galt es, an den richtigen Empfänger zu bringen. Als Poststellenmitarbeiter oblag ihm der Postein- und -ausgang. Er selbst hingegen sah sich als Zentrale des Verwaltungsdezernates mit bilateralem Tätigkeitsfeld.

Regierungsobersekretär Karl-Heinz Bodelschwing, Mitte dreißig, lebte noch immer unbefraut und unbekindert. Genau so, dachte sich Karl-Heinz, sollte es auch bleiben. Nichtsdestotrotz war er kein Kostverächter und bei gelegentlichen Romanzen mit charmanten Damen zum Äußersten bereit. Seine freundlich-servile Art brachte ihm im weiblichen Kollegenkreis Pluspunkte. Sogar die Frauenbeauftragte Petra Sebmann-Wicht, deren Körpergewicht in aller Schwere mit dem Satz „Ich bin zwei Öltanks" umschrieben werden konnte, hatte eine Leidenschaft für den Regierungsobersekretär Bodelschwing entwickelt. Immer wenn er ihr statt zwei Stühlen nur einen Stuhl zum Sitzen anbot, zerschmolz ihr Herz ob seiner Ritterlichkeit. Das anschließende Pläuschchen entsprach nicht dem üblichen Beamtenzähfluss und gestaltete sich sogar spritzig. Regierungsobersekretär Karl-Heinz Bodelschwing bekam bei der Frauenbeauftragten Petra Sebmann-Wicht nach Dienstschluss seine Chance, ganz Mann zu sein. Ein paar Wochen lang stemmte er diese Aufgabe mit Bravour, bis die Beziehung dann abrupt einschlief. Für einen gestandenen Beamten kein Grund zur Verwunderung.

Auch die vom normalen Dienst freigestellte Personalratsvertreterin Roswitha Klein war für vier Wochen damit beschäftigt, ihre Post persönlich in die Poststelle zu bringen und nicht die Vorzimmerdame des Personalrates mit dieser untergeordneten Tätigkeit zu beauftragen. Die Arbeit an der Basis tat Frau Klein gut, Herr Bodelschwing erweiterte seinen Blickwinkel und sah sich als modernes Dienstleistungsunternehmen mit serviceorientierten Zusatzleistungen. Die Kontakte zur rassigen Roswitha endeten jedoch schnell und ohne Aussicht auf Wiedervorlage.

Karl-Heinz freute sich über sein abwechslungsreiches Tätigkeitsfeld und bot nimmermüden Arbeitseinsatz. Als Karl-Heinz das erste Mal Frau Regierungsobersekretärin Katrin Schmitz zu Gesicht bekam, babbte er gerade die Klebetüte eines Einschreibeformulars auf einen Brief. Im schon warmen Mai trug die Kollegin Sandalen. Karl-Heinz fokussierte ihre nackten Füße.

Manche Männer legen ihr Augenmerk auf lange Frauenbeine oder auf die beiden berühmten weiblichen Vorzüge. Aber Karl-Heinz stand auf Füße. Frauenfüße. Regierungsobersekretärin Schmitz hatte welche. Sogar zwei davon, die Fußnägel waren schamloserweise feuerrot lackiert. Für diese Kollegin versah er die Briefe extra manuell mit einer Briefmarke. Karl-Heinz befeuchtete genüsslich die gummierte Fläche des Postwertzeichens und blickte über seine Halbbrille schräg nach unten. Sein Speichelfluss wurde angeregt.

Beamter auf Lebenszeit Karl-Heinz Bodelschwing schob die rote Tagesmarkierung auf der durchsichtigen Gleitschiene des Dreimonatsübersichtskalenders auf die Elf. Elfter Mai, er würde heute bereit sein. Bereit zu allem.

Frau Regierungsobersekretärin hatte ihn zu einem netten Abendessen in ihrer Etagenwohnung eingeladen. Es sollte Pasta geben. Karl-Heinz wusste, was „Nudeln mit Tomatensauce" bedeutete: Seine Libido durfte sich heute über eine Triebentladung freuen.

Karl-Heinz wollte aufs Ganze gehen. In früheren Beziehungen hatte er sich in der Anfangszeit immer zurückgenommen. Sein Angebot war zunächst modular aufgebaut. Die Damen konnten nach persönlichem Bedarf frei über die gebotene Servicepalette entscheiden, erst später kam er dann zu seinen speziellen Neigungen. Er plante, bei Katrin sofort die eigenen Bedürfnisse in den Vordergrund zu stellen. Die silberfarbenen Fußfesseln hatte Karl-Heinz in seiner abgegriffenen, ledernen Aktentasche sorgfältig verstaut.

Katrin Schmitz kicherte beschwipst, als sie sich auf das Sofa plumpsen ließ. Gutes Essen, Champagner und die Vorfreude auf den sich minütlich nähernden Ehestand machten sie sinnlich. Heute würde sie ein Kind zeugen lassen. Sie hatte sich fest vorgenommen, gleich beim ersten Rendezvous einen künftigen Rentenzahler zu empfangen. Für den Stammhalter sah sie eine außerbehördliche Zukunft voraus. Ihre Angst war groß, dass erneut ein Ehekandidat davonlaufen könnte, daher wollte sie dem Mann ihrer Träume sanfte Vaterschaftsfesseln anlegen.

Karl-Heinz wurde zunächst zum Nackenbeißer und Katrin zur Kichererbse. Sie trug ein Unterhöschen von Briefmarkengröße, mit so etwas kannte sich Karl-Heinz aus.

Regierungsobersekretärin Katrin Schmitz hörte erst auf zu kichern, als sie nackt dalag und er ihr blitzschnell und elegant Fußfesseln angelegt hatte. „Fesseln fesseln", hechelte es aus Karl-Heinz heraus. Für einen kleinen Moment befand er sich, ohne es zu wissen, im Auge eines Tornados.

An den Füßen gefesselt, fragte sich Katrin Schmitz, wie sie in dieser Stellung der Mutterwerdung entgegenblicken sollte. Ihre beamtische Sichtweise ließ wenig Raum für Fantasie oder gar Anwendung von kreativen Problemlösungstechniken.

Karl-Heinz war noch mit sich selbst beschäftigt, als Regierungsobersekretärin Katrin Schmitz infernalisch losschrie. Die Beamtin auf Lebenszeit sprang, so gut es unter Missachtung der Fußfesseln ging, vom Sofa hoch und fiel hin. Plötzlich hörte sie auf zu schreien. Ihre Nasenspitze hatte Kontakt zum bernsteinfarbenen Teppichboden „goldener Täbris" aufgenommen. Feste Schlinge, Markenware, 1 a Qualität.

Karl-Heinz Bodelschwing verstand diesen blutigen Aufstand nicht ganz und fühlte sich entehrt. Katrin Schmitz verstand diesen schmutzigen Versuch sehr wohl und fühlte sich entmuttert.

Beide meldeten sich am nächsten Morgen arbeitsunfähig krank. Sie mit einem Nasenbeinbruch und er mit einem Überlastungssyndrom.

Mehr Gemeinsamkeiten würden sie wohl nie wieder haben ...

Verdorbenes Fleisch

Herr Petersen, der Supermarktleiter, murmelte: „Tut mir Leid" und überreichte ihr die Geldschublade. Danke, dachte Brigitte, dass ich wieder der Aushilfsarsch an der Kasse sein darf. Ungehalten knallte sie ihre Schublade in die Registrierkasse. Wie so oft sollte sie aushelfen, denn zwei Kolleginnen hatten sich mit Grippe krankgemeldet. Eigentlich war Brigitte für Bestellung und Aufpacken der Fleisch- und Wurstwaren zuständig und ahnte bereits, dass sie am Abend auch noch Kritik wegen unerledigter Bestellungen zu erwarten hatte. „Ich-kann-mich-nicht-zerreißen!" Mit diesen Worten würde sie den Arbeitstag wieder einmal beschließen.

Der Job als Verkäuferin war hart, der als Ehefrau und Mutter ebenfalls. Brigitte ruderte mit den hastigen Bewegungen einer Ertrinkenden im Sog des unpoetischen Großstadtlebens. Job, Familie, Hausarbeit und Schlaf schrien nach ihrem Recht auf Zeit und der Körper rebellierte. Unter ihren Augen hatten sich braune Ringe gebildet, der Abdeckstift Jade Nummer 21 für 4,75 Euro verdeckte sie. Brigittes Hände zitterten, Heumanns Beruhigungs- und Schlaftee für 3,99 Euro brachte Linderung.

Sie tat alles, um zu funktionieren. Gegen jedes Problem gab es ein Produkt mit Preisschild und Mindesthaltbarkeitsdatum.

Brigittes frühmorgendliches Ritual begann mit dem schlaftrunkenen Abreißen des Kalenderblatts. Enthüllt wurde ein neuer Tag und damit die Hoffnung auf ein ruhigeres Leben. Sinnsprüche versüßten den Morgen. Manchmal.

Was du heute kannst besorgen, das verschiebe nicht auf morgen.

Hm, dachte Brigitte, ich darf nicht vergessen, die Banküberweisungen einzuwerfen. Halb benommen stellte sie sich unter die Dusche. Ihr Frühstück bestand aus einem Glas Orangensaft. Heute wollte sie besonders zeitig im Supermarkt eintreffen, um ungestört ihre Wurstbestellungen zu erledigen. Ehrpusselig war sie – die hätten durchaus noch liegen bleiben können.

Frau Rückert am Kiosk begrüßte sie freundlich und schob ihr die übliche Packung Pall Mall zu. Ein paar Worte wechseln, dafür sollte man doch Zeit haben, ermahnte sich Brigitte. Außerdem sah die freundliche Frau merkwürdig aus. Dicht unter ihrem Haaransatz standen Zahlen.

„Sie haben da was", sagte sie und wies auf die Stirn der Kioskbesitzerin. Frau Rückert antwortete, das sei nur Druckerschwärze von den Zeitungen und rieb sich die Stirn. Druckerschwärze? Deutlich erkannte Brigitte das Datum des kommenden Tages.

„Ist es weg?" Das Datum war jetzt rot unterlegt.

„Nicht ganz", log sie und eilte zum Bus.

Kurz nach neun Uhr öffnete der Supermarkt. Auch heute saß sie wieder an der Kasse. „Dauerarschkarte, Dauerarschkarte", raunten ihre Gedanken. Menschenmassen zogen an ihr vorbei. Cornflakes, Leberwurst, Zahnpasta, Diätmargarine und Hundefutter ebenfalls. Nur gelegentlich sah Brigitte hoch zu den Kunden. Auf einer Kundenstirn prangte ein Datum.

Eigenartig, dachte sie, es sieht genauso aus wie bei Frau Rückert.

Am Abend sagte ihr der Marktleiter, dass Frau Müller von Kasse eins am nächsten Tag nicht zur Arbeit erscheine. Sehnenscheidenentzündung. Mehrwöchiger Ausfall. Brigitte war dem Heulen nahe. Baldriantee richtete es wohl nicht mehr. Sie entschied, zur Apotheke zu gehen, um etwas Stärkeres gegen die Alltagsprobleme zu erwerben. Doch wann sollte sie es einnehmen? Gleich nach Feierabend bereitete sie das Essen, danach musste sie zur Elternsprechstunde und wenn dann noch Zeit wäre, Hemden bügeln. Zwischen Bügeln und Zubettgehen, da würde sie ein paar weiße Helferchen einwerfen! Brigitte war froh, eine Lösung gefunden zu haben.

Das Kalenderblatt mahnte *Fleiß bringt Brot, Faulsein Not.*

Schnelldurchgang unter der Dusche, Orangensaft hinunterstürzen und bunte Farben aufs graue Gesicht malen.

Der Kiosk geschlossen – das kam selten vor. Ohne Pall Mall gehetzt in den Tag starten, das „pestete an", fand Brigittes innere Stimme.

Auch auf dem Heimweg war der Kiosk noch geschlossen. Achim, Brigittes Ehemann, erzählte aufgeregt und mit ausdrucksstarken Handbewegungen beim Abendbrot, dass Frau Rückert tot aufgefunden worden sei. Mit der Handkante fuhr er an seiner Kehle vorbei. Ein Schauer lief Brigitte über den Rücken. Die nette alte Dame. Achim setzte derweil seine gestenreichen Mutmaßungen über Tod und Ursache fort.

Warum trägt der Busfahrer das heutige Datum auf der Stirn? Ruckelig fuhr der Bus an. Eine ganze Reihe von belanglosen Tagen mit hohem Stressfaktor erforderten die Antifaltencreme Q 10 mit Plus R von Nivea für 7,99 Euro. Brigittes Rücken schmerzte bereits am frühen Morgen. Wer zu viel Last ertragen muss, dessen Rücken trägt nicht mehr. Sie starrte den Busfahrer aus der zweiten Sitzreihe an. Immer wieder. Er trug tatsächlich das Datum auf der Stirn. Der Busfahrer bemerkte im Rückspiegel ihre Blicke und lächelte.

So ein Schwein, dachte Brigitte. Flirten empfand sie als Zeitverschwendung und Zeit hatte sie sowieso zu wenig. Außerdem machten Männer nur Arbeit, einer von der Sorte reichte. Socken waschen, weil sie es nicht können und Sex machen, weil sie es brauchen. Ich bin völlig kaputt, resümierte Brigitte, in Gefühlen des Feminismus badend. Männer waren Schweine. Die weibliche Rippchendiebin sah trotzdem noch einmal zum Lächler mit Datum.

Bremsen quietschten, dann ein dumpfer Knall und Splittergeräusche. Die stehenden Passagiere stürzten und schrien. Berge von Menschenfleisch. Brigitte fiel vom Sitz. Der Kopf des Busfahrers lag auf dem großen Lenkrad. Ein Passagier aus der ersten Reihe kümmerte sich um den Fahrer. Das wäre nicht nötig gewesen. Herzinfarkt. Tot. Kein Lächeln mehr für Brigitte.

Das Kalenderblatt hatte *carpe diem*, nutze den Tag, empfohlen.

Brigitte fiepte, als sie erkannte, dass der Fahrer den Tag nicht mehr nutzen konnte. Sie stieg schnell aus, nur fort von dem Menschenauflauf, so sehr es auch sprühregnete. Wie tote Spaghettis hingen ihre Haare herunter. Das Datum, grübelte sie, es muss ein Verfallsdatum sein. Wie auf den Schweinefleischpackungen im Selbstbedienungsregal. Wenn es schon auf Fleischpackungen steht, warum nicht ebenfalls auf der Stirn von Menschen? Ist ja so etwas Ähnliches. Der Regen mischte sich mit Verzweiflung und Tränen.

Sie rannte das letzte Stück zum Geschäft. Herr Petersen öffnete die Tür und machte ihr Vorhaltungen wegen der Verspätung. Brigitte heulte, das Gesicht in den Händen verborgen. Herr Petersen schimpfte. Sie solle sich schleunigst an die Kasse setzen, was die Kunden wohl von einer unzuverlässigen Verkäuferin hielten und Arbeitsplätze täten in Deutschland nicht auf Bäumen wachsen. Die harschen Worte prallten ab. Schließlich hatte sie quasi zwei Todesfälle in der Familie. Sie blickte hoch, direkt auf Fleischpackung Petersen. Er trug ein Datum auf der Stirn. Heute. Brigitte kreischte.

Also, ein bisschen beherrschen solle sie sich schon, sagte Herr Petersen, als ihm der Schreck aus den Knien gewichen war. Geschrei helfe niemandem. Er schob sie zur Kasse. Ihre Hände zitterten. Wie konnte sie es nur verhindern? Heute würde ihr Marktleiter sterben. Einfach so. Vermutlich bekäme der Dauerhektiker einen Schlaganfall. Besonders nett war er nicht, aber er konnte nett sein. Vielleicht hatte Gott sie auserkoren, den Verfall der Menschheit aufzuhalten und das Datum war nur der Fingerzeig, terminatorgleich einzuschreiten, genau wie beim Verfall des Schweinefilets eingeschritten wurde. Sie musste es nur umetikettieren.

Kurz vor Ladenschluss hatte sich eine Schlange an ihrer Kasse gebildet. Herr Petersen deutete mit einer Handbewegung an, dass sie schneller arbeiten solle.

„Auf ein Wort, Herr Petersen!"

Der Marktleiter blieb verdutzt stehen.

„Würden Sie bitte zu mir kommen, Herr Petersen".

Er trat an sie heran. Wortlos begann sie, an seiner Stirn herumzuputzen. Sie befeuchtete ihren Daumen mit Speichel und rieb kräftig weiter. Herr Petersen erstarrte.

„Sind Sie verrückt geworden?", fragte er entgeistert.

„Sie haben da etwas."

Er blickte sie seltsam berührt an. Mit einer wegwerfenden Handbewegung wollte er weitergehen.

„Einen Moment noch!", rief Brigitte, nahm die Etikettiermaschine und stellte ein neues Datum ein. Eines in zwanzig Jahren. Sie wollte nett sein. Herr Petersen schaute völlig verwirrt ihrem Treiben zu. Mit Schwung und einem Doppelklack pappte sie das Etikett auf seine Stirn. Herr Petersen brüllte. Was ihr denn einfiele und ob sie von allen guten Geistern verlassen wäre.

„Ich will doch nur die Menschheit retten!"

Der Leiter wies sie tobend an, sofort zu verschwinden. Wirklich sofort. Sie schluchzte und ging. Auf dem Weg zur Umkleidekabine erwog sie, Herrn Petersen trotz allem ein längeres Leben zu verschaffen. Wirklich, trotz allem. Terminatorin Brigitte ersann eine weitere lebensverlängernde Maßnahme. Verfall konnte mit Kühlung aufgehalten werden. Alles, was zu verderben drohte, kühlte man schließlich.

Als sie Herrn Petersen nach Ladenschluss in den Tiefkühlraum sperrte, hatte sie nur sein Bestes im Sinn. Brigitte setzte sich vor die stählerne Tür und hielt aufmerksam Wache. Durch die Tür hindurch hörte sie ihn schreien, so etwas könne sie doch nicht machen, denn schließlich sei er der Chef. Dann, etwas zurückhaltender, dass man über alles reden könne. Nach dreißig Minuten konnte sie ihn kaum noch hören, kurz vor Mitternacht war Stille.

Brigitte saß auf dem kalten Fußboden. Der Stress, neben Ehefrau, Mutter und Kassiererin auch noch Terminatorin zu sein, nahm überhand. Sie verlor Raum und Zeit. Am frühen Morgen wurden sie und Herr Petersen entdeckt. Zwei dunkel gekleidete Herren entsorgten den steif gefrorenen Marktleiter. Zwei uniformierte Männer legten ihr Handschellen an. Sie lächelten nicht. Brigitte schaute im Hinausgehen in die verspiegelte Wand am Eingang. Ganz deutlich erkannte sie sich. Und das spiegelverkehrte Datum auf der Stirn. Sie schrie, schrie und schrie.

Zeitgleich riss ihr Gatte das alte Kalenderblatt ab. Ein neuer Tag. Ein neues Glück. Er wendete das dünne Blättchen.
Heimlich unter dem Schnee lauert der Frühling,
höre, alterndes Haupt, jedweder Tod ist nur Schein.

Esst mehr Obst

Um sieben Uhr morgens spuckten quietschend aufspringende U-Bahn-Türen Jens-Uwe Müller aus, einen fünfundfünfzig Jahre alten, graubeschläften und silberbebrillten Herrn. Trotz seines schleppenden Ganges wogte er mit der Menschenmasse, die sich jeden Morgen im Berufsverkehr auf den Bahnhof ergoss, in Richtung seines Büros. Schneller als ihm lieb war.

Jens-Uwe Müller arbeitete in einem der Sozialämter Berlins. Sein Büro trug die augenfreundliche, aber seelenfeindliche Wandfarbe „wolkengrau". Als die Renovierung der Räume anstand, hatte er beantragt, wenigstens die neuen Vorhänge in einer depressionsfreien Farbe gestellt zu bekommen. Installiert wurde dennoch eine Vertikal-Lamellenanlage in schlichtem Schiefergrau.

„Zappeln umsonst", dachte sich Herr Müller und begann stoisch seinen Arbeitstag. Einziger Farbtupfer im Büro war das weinrot gerahmte Hochzeitsfoto. Er, seine Frau, umgeben von seinen Eltern. Eine schöne Erinnerung. Eine graue Realität. Gestorben-geschieden-gestrandet, sinnierte er.

Jens-Uwe Müllers Seelenzustand befand sich in einer kritischen Phase. Jahrelange Sparpolitik seines Arbeitgebers machte die personelle Ausdünnung deutlich bemerkbar. Die angespannte Personalsituation führte dazu, dass sich die Zahl seiner Akten und Hilfeempfänger verdreifachte. Das wiederum bewirkte Stress, Schlaflosigkeit und Gefühlsausbrüche. Diese ängstigten ihn besonders.

Heute war der letzte Donnerstag im Monat. Für ihn ein schlimmer Tag. Die Sozialhilfe wurde ausgezahlt. Viele, zu viele Menschen quälten sich gleich durch sein Büro und suchten um Auszahlung ihrer monatlichen Unterstützung nach. Er wusste, dass er wieder als Beamtenarsch, Drecksau, Rassist und Nazischwein beschimpft werden würde. Selten hörte er kreative Unwortschöpfungen, die Neues boten.

Herr Müller entnahm seiner Aktentasche das Pausenbrot, eine Mineralwasserflasche und einen Apfel, der in einer Obsttüte aus Papier eingepackt war. Danach ordnete er seinen Schreibtisch und legte sich die wichtigsten Akten zurecht. Er schaltete seinen Computer ein, wischte den grauen Staubbelag vom Bildschirm und hoffte, dass nicht ausgerechnet der im Eingang zwischen Bierdosen liegende Betrunkene der erste Kunde sein möge.

Jens-Uwe Müller hatte Glück im Unglück. Der Betrunkene kam zwar als erster Kunde herein, aber die Auszahlungsanordnung für die Kasse lag schon ausgefüllt bereit. Dankbar rülpste ihn der Hilfesuchende an und verzog sich schwankend. Herr Müller versuchte, Kontrolle über seine Übelkeitsgefühle zu erlangen.

Der Vormittag gestaltete sich hektisch und stressbeladen – wie immer. Das Telefon klingelte ohne Unterbrechung, das Faxgerät warf neue Schreiben aus, die eingehende Tagespost wurde auf seinen Schreibtisch gepfeffert, der Computer zeigte neue Maileingänge an und der Besucherstrom riss nicht ab. Vor seiner Tür prügelten sich einige Bürger darum, wer an der Reihe wäre und Herr Müller konnte „Fettarschqualle" als neues Unwort in seine Liste aufnehmen.

Der nächste Besucher schien Herrn Müller wenig geeignet, die Stimmung zu heben. Er musste dem jungen Mann mit der breiten Goldkette um den Hals beibringen, dass die Sozialhilfe gestrichen wurde. „Goldkette" hatte sich bei Schwarzarbeit in einer Diskothek erwischen lassen. Pech für den jungen Mann und Pech auch für Herrn Müller. Der Erwischte brüllte seinen Zorn empört heraus und ging auf den Sozialsachbearbeiter los. Zunächst traf Herrn Müller ein Faustschlag aufs rechte Auge. Im folgenden Gerangel gab der Beamte sein Bestes. Zu Hilfe eilende Kollegen trennten die Kontrahenten nach einigen Minuten. Langsam quoll dunkles Blut aus der geplatzten Augenbraue und tropfte auf das Sakko von Herrn Müller. Die Kollegen setzten ihn behutsam in seinen Bürostuhl.

Die Welt versank.

Das Telefon klingelte nicht mehr, das Faxgerät piepte nicht und alle Stimmen verstummten. Ruhe breitete sich in seiner Seele aus.

Durch die Bürotür kam eine sehr junge Frau herein. Hellblonde Haare wippten fröhlich, ihr himmelblaues, knöchellanges Sommerkleid schmückte ein weißer Spitzenkragen. Wortlos stellte sie ein Weidenkörbchen auf den Schreibtisch. Sie holte eine Thermoskanne und zwei Teetassen hervor. Vollkommen entspannt füllte sie die Tassen mit Tee.

Herr Müller meinte, diese Frau zu kennen. Ihre Bewegungen kamen ihm vertraut vor. Ein winziges Teeblatt rutschte in Zeitlupe die Thermoskanne herunter. Er sah dem ruhigen Treiben zu.

„Es geht Ihnen nicht gut?“, fragte die junge Frau. Herr Müller, völlig perplex, konnte nicht antworten.

„Sie sind verprügelt worden, nicht wahr?“ Die junge Dame reichte ihm eine Tasse wunderbar duftenden Darjeelings. Er genoss den ersten, heißen Schluck.

Herr Müller warf einen Blick auf die große Bürouhr, die er eigentlich hätte schlagen hören müssen. Sie zeigte genau

12:00 Uhr. Die junge Frau lächelte ihn an. Beide labten sich fern von Raum und Zeit am lieblichen Darjeeling.

„Wollen Sie sich wirklich alles weiterhin gefallen lassen?“

Er konnte nicht antworten. Sein Innerstes schrie „nein“. Seine Seele weinte „nein“.

Herr Müller sah aus dem Fenster und hörte, wie ihm dieses vertraut scheinende Geschöpf sagte: „Dann sollten Sie an die Möglichkeit der Verweigerung denken.“

Als Herr Müller sich wieder der jungen Frau zuwandte, war sie verschwunden. Er starrte auf das Hochzeitsfoto. Seine Mutter trug eine himmelblaue Bluse, himmelblau war ihre Lieblingsfarbe. Ein Strom voller Liebe durchflutete ihn und er murmelte: „Mama“.

Schlagartig setzten die Geräusche wieder ein. Das Telefon klingelte, das Faxgerät piepte und seine Kollegen standen aufgeregt diskutierend um ihn herum. Aus ihrem Blickwinkel heraus saß er weinend auf dem Bürostuhl und rief leise nach seiner „Mama“.

Für einen kurzen Moment wurde es still. Herr Müller beobachtete die Kollegen. Und die Kollegen beobachteten ihn.

Unvermittelt stand er auf und öffnete ruckartig das Fenster, riss wortlos das klingelnde Telefon aus der Wand und warf es wie eine Frisbeescheibe hinaus. Es folgten das Faxgerät und die frisch eingegangene Post. Schmetterlingsgleich segelte das Papier auf die Hauptverkehrsstraße und kam schnell unter die Räder. Seine Kollegen versuchten, ihn zu beruhigen.

Herr Müller wurde ruhig. Er holte unter den Augen der ratlosen Kollegen seine Obsttüte samt Apfel hervor. Bedächtig entnahm er den Apfel aus der braunen Papiertüte mit der blauen Aufschrift „Esst mehr Obst“. Mit einem hölzernen Brieföffner trennte er die Tüte an dem Falz auf.

In quälender Langsamkeit schrieb er auf das vor ihm liegende braune Papierdreieck in seiner schönsten Sonntagsschrift: „Entlassungsgesuch."

Der Tod in Woodchurch

Susan Bridgewater verließ gut gelaunt und mit wehenden roten Haaren ihr Häuschen in Woodchurch, dem kleinen Dorf unweit von Ashford in der Grafschaft Kent. Exakt eine Minute und dreißig Sekunden sollte ihr Leben von diesem Moment an noch währen. Nicht eben lange für ein Abschiednehmen von der Welt. Ein Winken zum Ehemann, ein Lächeln. Susan Bridgewater sah den Rover auf sich zurasen, sah den Fahrer darin, seinen Blick. Völlig ungebremst erfasste das Auto ihren Körper. Ein harter, dumpfer Aufprall, splitterndes Glas, brechende Knochen. Susans Ehemann hörte den Tod seiner Frau. Später, viel später erst erfuhr er, dass er auch seinen eigenen Todesgesang vernahm.

Doktor Bridgewater stürmte hinaus, rannte den schmalen, von blassgelben Moosrosen und wilden Himbeersträuchern gesäumten Vorgartenweg entlang und blieb stehen, als er auf die Straße sah. Dort lag seine Frau, mitten auf der Fahrbahn, voller Blut. Ihre Beine waren unnatürlich abgewinkelt. Als Arzt hatte er schon viel gesehen und stellte die Diagnose aus zwei Metern Entfernung. Er schlug die Hände vors Gesicht und schluchzte.

Kommissar Edwards aus Ashford, klein und behäbig, mit schwarzer Hornbrille und einem Gesicht, das wie seine rissige Schweinslederjacke auf würdeloses Altern hindeutete, näherte sich seiner Pensionierung. Er verspürte keine Lust mehr auf Karriere oder Kompromisse und tat dies auch kund.

„Simmons, sehen Sie zu, dass die Gaffer von hier verschwinden", raunte er dem jungen Polizisten zu, „und wenn die Leute nicht parieren, nehmen sie einen fest. Egal welchen, die sehen doch alle aus wie steckbrieflich Gesuchte!"

Polizeianwärter Simmons schaute verwirrt und verscheuchte die Menge, ohne jemanden festzunehmen. Deeskalation hatte er auf der Polizeischule gelernt.

Edwards beugte sich über die Tote, nahm seine Brille ab und kaute auf dem Bügel.

„War bestimmte eine Nutte", erklärte er seinem Jungkollegen grinsend und wies mit dem Zeigefinger auf das sehr knapp sitzende, bauchfreie T-Shirt und die knallrot geschminkten Lippen.

„Sir, bei allem Respekt – das trägt man heute so."

Der Senior blitze ihn mit seinen blauen Augen an und brummte vor sich hin. Simmons schwieg. Manchmal hatte sein Chef einen seltsamen Humor. Edwards Blick streifte weiter über die Leiche.

„War die Spurensicherung da?"

„Ja, Sir."

„Keine Bremsspuren?"

„Ja, Sir."

„Vorsätzliches Tötungsdelikt ..."

„Ja, Sir"

„Können Sie auch etwas anderes sagen als Ja-Sir?"

„Ja, Sir!"

Edwards ahnte, dass es noch eine ganze Weile dauern würde, bis er seinen Junior zu einem würdigen Nachfolger geschliffen hatte und wandte sich wieder der Toten zu. Jetzt erst fiel ihm ihr goldener Ehering auf.

„Der werte Gatte wohnt dort?" Er zeigte mit der Brille auf das grau verputzte Haus und sah hoch. „Vergessen Sie die Antwort, Simmons."

Gemessenen Schrittes ging er an den blassgelben Moosrosen und den Himbeersträuchern vorbei, auf die schwere, weit offen stehende Eichentür zu. Ohne zu klopfen oder „Hallo" zu rufen, betrat er das Haus und steuerte sicher den Wohnraum an. In Woodchurch und den umliegenden Dörfern hatten fast alle Häuser die gleiche Raumaufteilung.

Doktor Bridgewater saß zusammengesunken auf dem dunkelgrün genoppten Ledersofa. Der Kommissar hoffte inständig, dass der Mann jetzt nicht anfangen würde zu weinen. Frauentrösten war in Ordnung. Aber einen Kerl?

Auf dem Kamin, direkt unter einem goldgerahmten Fuchsjagdgemälde, entdeckte Edwards eine Karaffe mit dunkelbraunem Inhalt. Er setzte die Brille auf, öffnete die Glaskaraffe, roch dran, erkannte eine trinkbare, geistvolle Substanz und goss in die benachbarten zwei Gläser eine vierfingerhohe Dosis. Eines hielt er Doktor Bridgewater unter die Nase.

„Trinken Sie!" Der tat, wie ihm geheißen.

Edwards ließ die Flüssigkeit langsam im anderen Glas kreisen und nahm ebenfalls einen kräftigen Schluck.

„Hatte Ihre Frau Feinde?"

Der Doktor starrte ihn verständnislos an.

„Hat sie sich in letzter Zeit verändert?"

Statt einer Antwort wandelte sich Bridgewaters Augenausdruck ins völlig Sinnentleerte.

„Ist Ihnen irgendetwas Besonderes aufgefallen, etwas, das mit dem Tod Ihrer Frau in Zusammenhang stehen könnte?

„Nein!"

Der Kommissar maßregelte den Witwer nicht wegen seiner kargen Reaktion, auch wenn es ihm in den Fingern juckte. Schon zwei Mal hatte er als Disziplinierungsmaßnahme an Seminaren mit dem Thema „Umgang mit Bürgern" teilnehmen müssen. Mit Opfern, denn den Umgang mit Tätern erlernte man als Polizist ohne Extraseminar. Diesmal trugen die Schulungen Früchte. „Ihre Frau war eine lebhafte Frau, nicht wahr?" Er wies den Witwer mit dem Zeigefinger an, zu trinken und freute sich über seine diplomatische Fragestellung.

„Susan war ein fröhlicher Mensch, wenn Sie das meinen." Doktor Bridgewater blickte wie ein verwundeter Cockerspaniel in die Augen seines Gegenübers. Der Kommissar spürte, wenn er jetzt weiter bohren würde, hätte er einen weinenden Mann zu trösten. „Ich komme morgen wieder, Doktor. Trinken Sie, das ist zwar keine Lösung, aber etwas anderes kann ich Ihnen nicht anbieten." Er stellte sein noch halb volles Glas ab und verabschiedete sich mit einer Kopfbewegung.

„Simmons!", brüllte der Kommissar. Der Polizist eilte herbei.

„Kümmern Sie sich um den frischen Witwer. Ist ein Alkoholiker!" Edwards nickte dem Junior zu. „Wenn er heult, dann nehmen Sie ihn mal so richtig in den Arm. Sie wissen, was ich meine." Er deutete eine imaginäre Umarmung an. Simmons, der sich inzwischen diensteifrig bei den Nachbarn umgehört hatte, ging darauf nicht ein.

„Das Gleiche ist hier schon einmal passiert, im letzten Monat. Die Frau des Pfarrers ist überfahren worden. Fahrerflucht. Sie war sofort tot". Aufgeregt beschrieb der junge Polizist seinem erfahrenen Kollegen aus Ashford die Parallelen der Fälle.

Edwards nahm seine Brille ab, atmete schwer aus und beschloss, sich die Akte des Falles zu ziehen, sobald er wieder im Ashforder Kommissariat war. Schon zwei Tote. „Pfarrer

Frau" und „Doktor Frau". Er schnalzte ungnädig mit der Zunge.

Am nächsten Morgen wollte Edwards die Befragung des Witwers fortsetzen, ein unerwartet angesetzter Gerichtstermin in Canterbury hielt ihn davon ab. Dafür stand frühmorgens der Pfarrer, eben jener seit einem Monat verwitwete Pfarrer, vor der Tür des Doktors und klopfte. Der Tod führte ihn hierher. Keine leichte Aufgabe, keine leichte Begegnung, auch nicht für einen Diener des Herrn. Doktor Bridgewater öffnete mit unrasiertem, aschfahlem Gesicht. Er sah die ebenfalls bleiche Hautfarbe des Pfarrers. Die Männer wussten mehr voneinander, als es den Anschein hatte. Der Pfarrer schluckte. Zwei Männer, ein Schicksal.

„Ich habe meine Frau unendlich geliebt. Nie habe ich für einen Menschen ein größeres Gefühl besessen", begann er. Doktor Bridgewater schluckte ebenfalls. „Meine Frau war das Alpha und das Omega für mich, Sie war mein Leben." Tränen. Lange saßen die beiden Männer schweigend einander gegenüber. Es gab keine Predigt, keinen Trost. Nur Stille, reinigende Stille, unterbrochen von Tränenfluss und einsamen Erkenntnissen.

„Menschen, die andere Menschen töten, werden von Gott gerichtet, mein Sohn. So viel ist gewiss!" Der Pfarrer erhob sich, strich seine Soutane zurecht und ging. Der Witwer barg sein Gesicht in den Händen. Er nickte, sah hoch, seine Tränen versiegten. „Ich weiß, Herr Pfarrer. Ich weiß", flüsterte er, obwohl er längst wieder alleine dasaß.

Kommissar Edwards war wenig erbaut, ein weiteres Mal zum Haus der Bridgewaters nach Woodchurch gerufen zu werden. Der winzige Ort hatte nur einen heruntergekommenen Pub, direkt neben der alten Holzmühle, und die einzige angebotene Biersorte ‚Sheperd Neame' empfand er als Zumutung für Bierkenner. Aber – Doktor Bridgewater war tot aufgefunden worden. Schon drei Tote. Deutlich zu viele für einen so kleinen Ort.

Für Edwards und die Spurensicherung steckte hinter dem Tod des Doktors kein Geheimnis: Selbstmord durch einen Schuss in die rechte Schläfe. Der trinkwütige Jammerlappen hatte den Tod seiner Frau nicht verkraftet, mutmaßte der unverheiratete Kommissar und verzog abschätzig die Mundwinkel. Zeitlebens gingen Ehefrauen ihren Männern auf die Nerven, aber ohne Frau schien auch kein Mann leben zu wollen. Als wenn nicht an der nächsten Straßenecke schon die nächste Schlampe warten würde.

Kein Fremdverschulden. Akte schließen. Edwards warf die Stirn in nachdenkliche Falten und kaute auf dem angenagten Brillenbügel. Wer war der Fahrer, der die Frau des Doktors getötet hatte? Wer löste die Kettenreaktion aus?

Die Spezialisten von der Spurensicherung hatten am Tatort Splitter gefunden, dunkelgrün lackierte Splitter vom Todeswagen. Nur ein einziges Auto in Woodchurch passte zu den Lacksplittern: der dunkelgrüne Rover des Pfarrers.

Die Kirche in Woodchurch war schlicht, wenn auch nicht aus Holz. Weder die Mentalität noch der Geldbeutel der Gemeinde hätten Prunk zugelassen.

Edwards ging den leicht ansteigenden Weg zum Gotteshaus gemächlich hinauf. Die Kirchenfenster strahlten in hellem Blau, sie bildeten kaum einen Kontrast zum Himmel. Eine alte Frau auf einem noch älteren, quietschenden Fahrrad fuhr an ihm vorbei. Edwards atmete tief ein und aus. Gott hatte aufgeräumt. Ein guter Tag für einen Kirchenbesuch.

Die Eichentür öffnete sich schwer. Seine Augen mussten sich an das Dunkel in der Kirche gewöhnen. Er ließ den Blick schweifen und erstarrte. Am großen Kreuz hinter dem Altar hing der Pfarrer. Tot. Er hatte die Arme ausgebreitet und festgebunden. Sein Körper bildete die Kreuzform nach. Am Hals eine Schlinge und ein Schild: „Auge um Auge, Zahn um Zahn" prangte in fünf Zentimeter hohen Lettern darauf.
Selbst für einen erfahrenen Kriminalbeamten war das zu viel des Bösen. Froh, Simmons nicht mitgenommen zu haben, setzte sich Edwards auf die hinterste Kirchenbank, um durchzuatmen. Er hielt inne, sein Gesicht warf noch mehr Falten als sonst. Dann faltete er die Hände. Was für ein kleinbürgerliches Inferno, nur wegen einer Frau. Edwards kombinierte und zog Bilanz.

Fahrerflucht ... die Frau des Pfarrers, vermutete er, hatte der Arzt getötet, versehentlich oder absichtsvoll. Auge um Auge, Zahn um Zahn. Der Pfarrer musste gewusst haben, wer für den Tod seiner Gattin verantwortlich war. Die Frau des Pfarrers um die Frau des Arztes. Nur wer Gleiches durchlebt, hat eine Ahnung von der Hölle des anderen. Der Selbstmord des Arztes als Flucht vor dem Schmerz des Verlassenseins. Und der Pfarrer? Er strafte sich selbst. Oder war er jetzt gut untergebracht, in den Armen seines Herrn?

Vom Altar rutschte ein Stück Papier herunter. Wohl des Pfarrers Abschiedsbrief.
Edwards starrte auf seine gefalteten Hände. Seit Jahren hatte er nicht mehr gebetet, doch nun begann er, das Vaterunser zu beten. Zunächst leise, dann lauter. In dem Moment, als ihm das Gebet wichtig wurde, stand er auf. Allein mit dem Pfarrer; eine ruhige Intimität. Edwards hatte den Eindruck,

der Pfarrer könne ihn hören. Er blickte auf den kreuzförmig drapierten, leblosen Leib.

„... und führe uns nicht in Versuchung,
sondern erlöse uns von dem Bösen.
Amen."

Leistungs-Show

Katharina trug heute ihren anthrazitfarbenen, vorteilhaft geschnittenen Rock mit Gummibündchen und eine hellgraue Tunika – ganz auf Männerfang. Da weder die Eier- noch die Ananasdiät Katharinas Format reduziert hatten, versuchte sie, mit elfengleichem Gang und mädchenhaftem Gekicher Kollege Dieters Aufmerksamkeit zu erheischen. Zum Frühstück hatte sie nur Kaffee getrunken und auf ihr geliebtes Schokoladencroissant verzichtet. Morgen, ganz sicher morgen wollte sie mit einer Kohlsuppendiät beginnen und dann, ja dann würde sie Masse verlieren und Männerblicke gewinnen.

Dieter war ein ruhiger Mensch, der wusste, dass er als Beamter des mittleren Dienstes keinen anderen Arbeitsplatz mehr bekäme. Ende-der-Karriere.

Er hatte sich immer einen ruhigen Arbeitsplatz gewünscht, am liebsten ein Einzelzimmer in Südausrichtung. Als ein Personalsachbearbeiter gesucht wurde – mit Einzelzimmer und Nachmittagssonne – hatte er sich, wie selten in seinem Leben, ins Zeug gelegt, getreu seinem Wahlspruch: „Zunächst arbeiten, um sich dann auf den Rücken zu legen." Der Arbeitsplatz in der Personalabteilung schien ihm dafür geeignet zu sein.

Dieter war belesen, grundgütig und etwas betulich. Er liebte historische Bücher, die er auch gern im Dienst las. Eine Geschichte sollte sein Leben in besonderem Maße beeinflussen, sogar revolutionieren. Die Geschichte von Potemkin, der am Hofe der russischen Zarin im achtzehnten Jahrhundert lebte. Einer Erzählung zufolge ließ der Günstling der

Zarin anlässlich ihres Besuchs im eroberten Krimgebiet entlang der Wegstrecke Dörfer aus bemalten Kulissen errichten, um das wahre Gesicht der ärmlichen Gegend zu verbergen. Lob und Anerkennung für blühende Landschaften und das weiche Bett der Zarin winkten als Belohnung.

Unzählige Male las Dieter die Geschichte von Potemkin, kratzte sich am Sack und bewunderte Potemkin, der für Nichts auch noch Anerkennung einheimste. Eine Meisterleistung, von der ein kleiner Beamter nur träumen konnte.

Es brauchte einige Zeit, bis sein analoges Denken einsetzte und Dieter sich sagte: Was früher funktionierte, funktioniert heute auch!

Er gestaltete sein schmales Bürozimmer um. Zunächst beschaffte er sich einen Aktenbock, altersschwach sollte der sein und sich biegen unter der Last dicker Akten. Dann legte er grüne Personalakten an. Diese versah er mit Formularen, Fotokopien, handschriftlichen Vermerken und Paginierung. Papier und Tinte waren real. Die Personen in den Akten aber existierten nur als Luftkollegen, nicht in der Realität. Vierzig Akten legte er auf seinen Aktenbock. Weitere Aktentürme wurden auf der Fensterbank angelegt, die größten Stapel auf dem Fußboden drapiert. Bald würde ihm vermutlich nur ein Trampelpfad verbleiben. Der Dienstvorgesetzte kam kaum noch in sein Zimmer, er wollte den armen Kerl nicht bei der vielen Arbeit stören.

Das Zimmer seines Chefs lag gleich nebenan. Dieter hatte sich ein Handy gekauft und rief sich damit selbst auf dem Diensttelefon an. Mit zwei Telefonen bewaffnet, spielte er sein Spiel. Lange Klingeln lassen, man war schließlich beschäftigt. Sich vernehmlich melden und fachkundig einen Luftkollegen beraten. Natürlich nur, wenn der Chef tatsächlich im Nebenzimmer weilte. Klingeln, Kompetenz zeigen, brilliante Beratung und – mit einem vernehmlichen Seufzer erschöpft das Gespräch beenden.

Warum auch sollte er wirklich arbeiten? Sein Vorgesetzter hielt ihn für einen ausgezeichneten Mitarbeiter und schrieb fulminante Beurteilungen. Und für Dieter war es einfacher, überragende Leistung vorzutäuschen, als mittelmäßige zu erbringen. Noch nach Jahrhunderten bewährte sich ausgefeilte Taktik. Dieter weitete aufgrund dieses Erfolgs sein potemkinsches Tätigkeitsfeld auf das Privatleben aus, kaufte sich ein Endreihenhaus, gönnte sich einen extra-großen Mercedes. Neid und gesellschaftliche Anerkennung flossen ihm zu. Reihenhaus und Luxusschlitten. Kein Dachziegel gehörte ihm und kein Reifen. Seine Hausbank hielt die Fassade hoch, auch sie wusste wohl, was potemkinsche Dörfer sind.

Katharina hingegen war keine Luftkollegin, sondern körperlich wie geistig überdeutlich wahrnehmbar. Dieter fand sie einfach nett. Wenn sie ihren Pullover mit dem tiefen Ausschnitt trug, fand er sie sogar richtig nett. Das Gefühl, mit beiden Händen zupacken zu wollen, ließ ihn allerdings erschrecken – zu viel der Realität.

Die laute, propere Katharina aber lebte im Hier und Jetzt. Sie wollte keinen Cowboy, aber einen Mann, und das sofort.

„Hallo, Dieter, mein Schnuckelchen! Hast du am Wochenende schon etwas vor? Magst du Burgunderbraten in Rotweinsauce? Ich denke schon! Also am Samstag um siebzehn Uhr bei mir!"

Katharina brauchte keine Antwort. Dieter schluckte.

„Also, ich ... äh ..."

„Du brauchst nichts mitzubringen. Ich habe alles im Haus. Nur gute Laune bringst du mit!"

Schnellen Schrittes war sie aus seinem Akten-

Ausstellungsraum verschwunden.

Dem Personalsachbearbeiter schauderte, ahnte er doch, was ihm blühte: Nichts gegen ihre Auslagen, aber wenn ich mir das alles so genau vorstelle ... Er bekam einen leichten Drehschwindel.

Samstag. Dieter hatte Rosen besorgt und Katharina drei Tage Kohlsuppendiät hinter sich. Manchmal verging so eine Woche wie im Flug. Dieter verzweifelte fast. Lange war es her, seit er sich sexuell vergnügt hatte. Damals gab es kein AIDS, keine feministischen Frauenbewegungen und auch keine lesbischen Peitscheninfernos. Aber vielleicht wollte Katharina wirklich nur Burgunderbraten in Rotweinsauce essen. Er hatte vorsichtshalber Kondome gekauft, in ein Papiertaschentuch gewickelt und unauffällig in seine Hosentasche gestopft. Der Beamte des mittleren Dienstes fühlte sich überfordert. Sex wollte er angehen wie seinen Dienst: Erst ein wenig arbeiten, um sich dann auf den Rücken legen zu können. Für einen Moment träumte er, sich sofort auf den Rücken zu legen und Katharina an sich arbeiten zu lassen. Eine erdrückende Vorstellung.

Dieter hatte gebadet. Burgunderbraten in Rotweinsauce trieben ihn zu ungewöhnlichen Schritten. Katharina glänzte als ausgezeichnete Gastgeberin. Braten, Sauce und Salzkartoffeln mundeten vorzüglich. Erfreut, ihre Diät zu unterbrechen, haute sie so richtig rein. Sauce rann über ihr Kinn. Dieter sah das braune Saucenrinnsal und hoffte, dass Katharina wirklich nur Burgunderbraten liebte.
Er nieste, zog abrupt ein Taschentuch aus seiner Hosentasche und erwischte das Ich-will-Safer-Sex-Taschentuch. Das ruckartig Entpackte sauste über den Tisch und kam in der Mitte zum Stillstand. Ein gefühlsechtes Kondom auf dem Esstisch.

Männliche Seelen können innerlich aufschreien.

Katharina sah das Kondom und leckte sich genüsslich Saucenreste von den Lippen.

„Willste Sächs?"

Dieter zögerte mit der Antwort. Zum einen war sie nett und drall, zum anderen musste er Leistung zeigen. Er wog ab.

„Na, jaaa ... öh ..." Vor Aufregung juckte es ihn, aber er vermied es, zu kratzen.

Katharina nahm ihn bei der Hand, zog ihn ins Schlafzimmer und begann, ihre Bluse aufzuknöpfen. Dieter nestelte an seinem Gürtel. Eigentlich wollte er nicht, doch der Trieb erwies sich als stärker. In all den Jahren zuvor hatte er vermieden, Leistung zu zeigen, doch wie sollte er sich jetzt noch drücken? Frauen fiel so etwas leichter, die konnten durch lüsternes Stöhnen Leistung vortäuschen. Sie funktionierten gewissermaßen wie potemkinsche Sexfallen.

Aber jetzt war er allein. Allein mit seinem Druck, seiner Unsicherheit und seinem Leistungsvermeidungssyndrom. Die wollüstige Katharina nahm das Zepter in die Hand und legte sich auf ihn. Nahm ihm die Luft. Leistung bringen, Leistung bringen, Leistung bringen. Sein Geist lief heiß in dieser Endlosschleife.

Das Letzte, was Dieter von dieser Welt wahrnahm, war eine schwitzende Katharina, die auf ihm ritt und wie ein gequältes Streifenhörnchen quietschte. „Potemkin!", hörte Katharina als seinen letzten Schrei. Enträtseln konnte sie ihn nie ...

Weibliche Problemlösungstechnik

Der Donnerstag fing produktiv an im Büro des Bezirks-
amtsleiters: Kaffee rülpste in der Maschine, wurstbe-
schmierte Brötchen und die Hamburger Morgenpost lagen
bereit. Die ersten Amtshandlungen der beiden Vorzimmer-
damen, Zimmerlüften und Computer in Funktion setzen,
waren bereits vollzogen.

Ingrid und Barbara, zwei stattliche Urgesteine und lebendes
Inventar des Bezirksamts, begannen nach dem halbstündigen
Frühstück ihren festen, routinierten Tagesablauf. Jeden
Morgen läutete Ingrid das Ende des Essenfassens mit den
Worten ein, dass es nunmehr Zeit sei, es „so richtig krachen"
zu lassen. Jeden Morgen, nachdem sie ihr Horoskop gelesen
und die Seiten mit den Skandalen des britischen Königs-
hauses genüsslich in sich aufgesogen hatte. Oft las die eine
der anderen aus ihrem Zeitungsteil etwas vor. Gemeinsam
schüttelten sie dann über die moralisch verkomme Welt ihre
Köpfe.

Beide Frauen standen am heutigen Morgen leicht neben
sich. Nach der feuchtfröhlichen Betriebsfeier am Vorabend
fiel es ihnen schwer, schon in der Frühe wieder etwas
„krachen" zu lassen.

Ingrid musste sechzehn Senatsvorlagen vorbereiten. Das
bedeutete, Riesenstapel von Schriftstücken zu kopieren – eine
öde Vorstellung. Als ihre Kollegin das Zimmer verlassen
hatte, gönnte sie sich daher zur Aufmunterung einen kleinen
Schluck Kräuterschnaps in der Hoffnung „keiner siehts,
keiner merkts."

„Immer mit dem anfangen, womit man am Abend zuvor
aufgehört hat", flüsterte sie sich anfeuernd zu und nahm

einen weiteren ordentlichen Schluck aus dem stählernen Flachmann. Schnell legte sie ihn wieder in ihr persönliches Kleiderschränkchen zurück. Mit etwas Medizin flutschte die Arbeit doch gleich viel besser. Ingrid hatte für Notfälle einen Flachmann im Spülkasten der Damentoilette deponiert und einen weiteren in der äußersten Ecke ihres Kleiderschranks. Der Dienst konnte so trostlos sein. Sie ordnete ihr Haar und schloss den Schrank.

Für den täglichen Gebrauch hatte sie eine Seltersflasche mit Wodka befüllt, klar und umdrehungsfreudig, stets parat und sichtbar auf dem Schreibtisch. So fällt es nicht auf, hoffte Ingrid und sah verliebt ihr „Mineralwasser" an. Sie sortierte die Senatsvorlagen und entschwand ins Nebenzimmer zum Kopierer. Mit geübtem Griff klappte sie die Abdeckung hoch. Sah auf die gläserne Kopierfläche. Hielt inne. Mit offenem Mund stakste sie zurück und goss sich einen Schluck „Selters" ein. Ihre Kollegin beendete gerade ein Telefongespräch, als Ingrid sich setzte und ihr ein tief empfundenes „Igitt" entglitt.

„Das sind hier alles nur Schweine", halb in ihr Glas gesprochen, nahm sie einen Schluck, „Schweine, sag ich dir ... Schweine!" Die Neige des Glases verschwand im Schlund der Sekretärin. Barbara schaute verdutzt.

„Geh mal zum Kopierer und sieh dir diese Sauerei an!"

Barbara erhob sich, ging ins Nebenzimmer, schaute den Kopierer an und konnte nichts Ungewöhnliches feststellen. Ingrid eilte hinter ihr her.

„Siehst du es nicht? Daaa!"

Aufgeregt wies sie mit dem Zeigefinger auf die Glasfläche des Kopierers. Barbara beugte sich hinunter. Auf dem Glasträger war ein Fleck zu sehen. Und ein Haar.

„So eine Sauerei!", wetterte die Kollegin hinter ihr. Das Haar war schwarz. Und gekräuselt. Es war ein schwarzes, gekräuseltes Haar. Barbara befand, dass es „irgendwie drahtig" aussehe. Das drahtige, schwarze, gekräuselte Haar stand aufrecht verankert in einer getrockneten, ehemals flüssigen Flüssigkeit.

Sie hob eine Augenbraue und räusperte sich.

„Das ist ja ... eine Bodenlosigkeit, ist das. Pfui, Teufel!" Barbara schüttelte sich angewidert und schluckte.

„Ingrid, ist es das, was du denkst, was ich denke - mir wird schlecht! Und das auf unserem Kopierer!"
Die beiden Frauen sahen sich an.
„Also, ich mach das nicht weg!"
 Ingrid nahm einen Schluck „Selters". Selters reinigt.

„Glaubst du etwa, ich mach das?", fragte ihre Kollegin spitz. Barbara fand, dass Ingrid eine zwar beamtenübliche, aber schlechte Angewohnheit hatte: Sie leugnete immer ihre Zuständigkeit ab.

„Es ist ein Schamhaar", stellte Ingrid fest. Sinnleer murmelte sie weiter.

„Und wenn es keines ist?"

„Es ist eindeutig ein Schamhaar. Sieh doch nur, worin es schwimmt!"

„Es schwimmt nicht. Es schwamm."

Barbara hielt sich die Hand vor den Mund. Ihr wurde übel.

„Also, ich mach das ganz bestimmt nicht weg!" wiederholte sich Ingrid. Stille.

„Wenn wir einfach so tun, als hätten wir es nicht gesehen und einfach drüberkopieren?" Barbara war patent.

„Ich soll die Senatsvorlagen mit Schamhaar kopieren? Was glaubst du wohl, was unsere Herren Politiker sagen, wenn sie auf jeder Seite eine kopiertes, drahtiges Schamhaar vorfinden?“

Die Frauen überlegten. Ihre Gehirne verknüpften Undenkbares mit Unmöglichem und verwarfen es wieder.

„Wir holen die Putzfrau. Die ist schließlich dafür zuständig“. Ingrid hatte es so mit ihren Zuständigkeiten. Barbara schüttelte den Kopf. „Das geht nicht, sie ist Türkin.“

„Was hat das denn damit zu tun?“

„Sie ist Türkin und das wäre diskriminierend!“
Ingrids Stimme dunkelte sich ab. „So ein Unsinn! Sie ist Putzfrau und wäre zuständig!“

„Wenn du von einer gläubigen Türkin verlangst, sie soll ein Schamhaar mit Zugabe wegputzen, dann hast du den Personalrat an den Hacken und die Ausländerbeauftragte auch. Also vergiss es!“
Ingrid rollte mit den Augen. „Also, ist die Putzfrau die Putzfrau oder bin ich die Putzfrau?“

„Wir können ja versuchen, es wegzupusten.“ Barbara, das patente Wesen, blähte ihre Wangen und entfachte einen Orkan. Im Sturm bog sich das Haar, wurde fast zu einem glatten Haar und sprang in die Ausgangsposition zurück, als ihr die Luft ausging. Die Idee, den Techniker kommen zu lassen, verwarf man wieder, der war schließlich ein Mann und keine der beiden Frauen wollte das Schamhaar samt Beiwerk mit einem Mann erörtern.

Ingrid hatte nun schon eine Menge „Selters“ getrunken. Sie wankte und schlug vor, das schwarze Haar mit Tipp-Ex in ein weißes Haar zu verwandeln.

„Ist das nicht genial,“ raunte sie sich selbst undeutlich zu, „einfach genial!“
Sie stellte ihr Glas ab, holte das Tipp-Ex Fläschchen, schüttelte es kräftig, zog das Pinselchen ruckartig aus der Flasche und

beäugte es. „Ha!“ rief sie voller Stolz, der Lösung nahe zu sein.

Barbara sah dem Treiben unschlüssig zu. „Ingrid, du solltest nicht so viel Selters trinken. Das bekommt dir nicht. Steig lieber auf Wasser um!“
Schwankend beugte Ingrid sich über das Problem, bepinselte das Schamhaar und holte tief Luft. Als ihr Gehirn den Geruch analysiert hatte, drehte sie sich um und rutschte zu Boden.

„Brabrabra“, korrekt kam ihr der Vorname nicht mehr von den Lippen, „mir wird schlecht.“

Die fächelte ihrer Kollegin mit den Senatsvorlagen Luft zu. Es dauerte einige Minuten, bis Ingrid sich erhob und es „krachen“ ließ. Schon kurz vor neun Uhr, der Bezirksamtsleiter würde bald seinen Dienst antreten.

„Wir müssen eine Lösung finden, der Chef kommt bald!“ Barbara wurde nervös und ungeduldig. Auch Ingrid war es leid und zog spontan ihren rechten Pumps aus. Stolperte, sammelte sich und schlug dann wie berauscht mit der Hacke auf die Glasplatte des Kopierers ein. Barbara sprang entsetzt zur Seite, hielt sich die Ohren zu und stammelte nur: „Ich war das nicht. Ich war das nicht.“

Den eleganten Pumps in der Hand, betrachtete Ingrid zufrieden ihr Werk. Die Glasplatte lag in tausend Teile zersplittert im Raum. Ingrid strahlte über beide Wangen, drehte sich zu ihrer Kollegin und lallte stolz: „Sooo, jetzt können wir den Techniker und die türkische Putzfrau rufen!“

Der Bezirksamtsleiter stand staunend in der Tür. Zusammen mit Barbara, die sich immer noch die Ohren zuhielt und vor sich hinstammelte: „Ich war das nicht, ich war das nicht.“ Sie sahen Ingrid mit großen Augen an. Deren Seele entschied,

den Körper in eine Ohnmacht gleiten zu lassen. Eine weise,
nüchterne Entscheidung.

Stress im Bauamt

Über die unerträgliche Ödnis eines Arbeitstages halfen Grete Steinbrück nur eiserne Disziplin und Kampfgeist hinweg. Die füllige Beamtin in der Endstufe des mittleren Dienstes konnte nicht über einen Mangel an Arbeit klagen. Nein, in ihrem Bereich brummte es nur so, wie sie sich auszudrücken pflegte. Als zulagenberechtigte Beamtin hatte sie viel zu tun, zu viel. Dieses Kuriosum brachte ihre Freunde regelmäßig dazu, in schallendes Gelächter auszubrechen, sobald sie von ihrem Stress erzählte. Beamtin mit zu viel Arbeit. Fließen Flüsse aufwärts? Schnell fühlte sich Grete Steinbrück unverstanden und schwieg lieber. Außerdem hasste sie Beamtenwitze.

Die Ödnis ihrer Tätigkeit war nicht der Menge, sondern dem fehlenden geistigen Anspruch zu verdanken. Sie arbeitete als einzige Kostensachbearbeiterin des Bauamtes mit zehn Ingenieuren. Diese Herren bestimmten, wann ein Bau den kostenpflichtigen Rohbauabnahmeschein oder das nunmehr schmucke Eigenheim den ebenfalls gebührenpflichtigen Endabnahmeschein bekam.

Dann rechnete Grete los, Zahlenkolonnen über Zahlenkolonnen. Nicht wirklich hilfreich war ihr neues Computerprogramm, das die Kollegen von der Informations- und Kommunikationstechnik als richtiges Schnäppchen erworben hatten. So funktionierte es denn auch. Das passierte den Koryphäen von der IUK-Abteilung öfter. Gorillagleich trommelten sie sich auf die Brust, wenn sie mal wieder einen ganz großen Wurf gemacht hatten. Eine Preisrakete nach der anderen wurde gekauft, denn schon kraft der Bezeichnung Informations- und Kommunikationsabteilung trug man schließlich die Zukunft der öffentlichen Verwaltung in den Händen. Quasi Terraforming. Die Einzelhändler liebten Geschäfte mit der Verwaltung.

Grete benutzte lieber ihren Bleistift, der lustvoll quietschte, wenn sie ihn so richtig angespitzt hatte, und legte los. „Zehn Ingenieure zu einer Kostensachbearbeiterin, das ist ungerecht", jaulte sie, zumal sich in ihrem Bezirk zwei Neubaugebiete befanden, die nach Abrechnung schrien. Hinter ihrer Tür türmten sich mannshohe Stapel braungrauer Akten. Allein der Anblick der Unfarbe Braungrau ließ ihre Stimmung auf den Tiefpunkt sinken. Viel lieber sah sie aus dem Fenster, vor allem mittags, wenn sie ihre mitgebrachte Pausenstulle aß. Mettwurst mit einer Gurkenscheibe im Sommer und Käse mit Senf als Wintervariation. Gretes üppige Formen verlangten nach gleichförmiger, eiserner Härte.

Vor ihrem Fenster spann eine dicke, hässliche Spinne ihr Netz. Grete sinnierte, was sie gemein haben könnte mit diesem Tier. Tierkunde als Pausenfüller. Ein Stückchen vertrocknete Baumrinde verfing sich im Netz und zerriss einige Fäden. Sogleich wurde die stark beinbehaarte Spinne aktiv, witterte sie doch Beute. Nachdem die vermeintliche Beute als unessbar enttarnt war, arbeitete das Wesen emsig daran, das Netz zu reparieren. Ein zweites Stück Baumrinde flog gegen die Spinnwebe und fügte dem sorgfältig Gewobenen einen Totalschaden zu. Das Krabbeltier lag benommen auf der Fensterbank.

Gretes Pause war zu Ende, das Pausenbrot verzehrt und die Feststellung getroffen, dass sie ganz sicher mit dem fetten, behaarten, hässlichen Tier keine Gemeinsamkeiten hatte. Grete kratzte sich am Schienenbein, die Stoppeln juckten. Gestärkt ging sie ans Werk, der Nachmittag verging wie im

Fluge.

Startklar für den Dienstschluss, schaute sie taschepackend aus dem Fenster. Die Spinne hatte ein neues, stabileres Netz gefertigt. Es hing zehn Zentimeter tiefer, direkt unter dem Geländer, sodass angreifende Holzstückchen nicht so leicht Löcher reißen konnten. Im Großen und Ganzen ein Meisterwerk an Innovation.

Einen Moment lang starrte die Verwaltungsbeamtin das Netz an. „Ohne Chaos und Zerstörung keine Kreativität", murmelte sie, drehte sich weg und entschwand zum Ausgang. „Ohne Chaos keine Kreativität ... ohne Chaos keine Kreativität ...", es hämmerte in ihrem Gehirn. Nur unzureichend hielt sie sich an den Haltegriffen im Bus fest. „Ohne Chaos keine Kreativität ..." Der Bus bremste abrupt. Grete preschte durch den Gang. Kurz vor dem Fahrer knallte ihr Kopf an das Kassengestänge, sie fiel zu Boden. Ruhe und Schwärze für Grete Steinbrück.

Das braungraue Gesicht des Fahrers nahm sie als Erstes wahr. Sie war wieder bei Sinnen. Gott sei Dank. Braungrau, dachte sie und erbrach sich zu Füßen des Busfahrers. Käse-Senf oder Senf-Käse, wenigstens ockerfarben.

Tapfer begann sie am nächsten Morgen trotz Kopfschmerzen und Übelkeit ihren Dienst. „Indianerherz kennt keinen Schmerz", raunte sie sich zu und „was du heute kannst besorgen, das verschiebe nicht auf morgen." Satzbausteine trieben sie vorwärts. Irgendwie ging es ihr noch nicht gut. Ein Blick auf ihren Schreibtisch, die Unfarbe überwog. Ein Blick zu den Aktentürmen am Eingang. Braungrau, überall nur Braungrau. Grete rülpste. Aus Versehen. So etwas macht man nicht, dachte sie. Ohne Chaos keine Kreativität. Das Bäuerchen blieb aus. Ihre Gedanken kreisten. Es musste etwas geschehen.

Sie begab sich unauffällig ins Archiv im Keller. Dort wurden knapp zehntausend Akten hängend in wackeligen Holzschränken mit Lamellentüren aufbewahrt, sortiert nach Straßen und Hausnummern. Grete handelte entschlossen. Ein bisschen sirrte es in ihrem Kopf. Aber sie war eine Kämpfernatur. Die Erlenstraße zur Eberhartstraße. Die Möllner zur Berliner. Nach zwei Stunden unentdeckten Handelns hatte sie es vollbracht: totales Chaos im Keller. Kein Beamter könnte eine gesuchte Akte finden. Zehn Ingenieure, alle Abschnittsleiter und Abteilungsleiter würden ihren würfelförmigen Grotten entsteigen und verständnislos die Köpfe schütteln ob dieses miesen Sabotageaktes. Aber – Grete Steinbrück hatte ein Zeichen gesetzt. Ein ganz persönliches. Braungrau, meine Herren, mit mir nicht! Zu viel Arbeit, zu viel Stress und eine Kopfnuss hatten die Erkenntnis gebracht. Alles Ausbeuter und Kapitalistenknechte! Grete sah rot. Ohne Chaos keine Kreativität! Sie klatschte in die Hände und spazierte in ihr Büro, um einen Unschuldsblick einzustudieren.

Großes Geschrei, als die Untat entdeckt wurde. Grete spielte gekonnt die Empörte. Solange keine Akte auffindbar war, konnten neue Abrechnungen nicht begonnen werden. Grete arbeitete ihre Rückstände ab, danach hatte sie zum ersten Mal seit Jahren einen leeren Schreibtisch. Sie lebte auf.

Die Behördenleitung entwickelte binnen weniger Wochen Einsatzpläne, wie das Chaos schnell zu beseitigen und künftig zu vermeiden wäre. So etwas sollte nicht noch einmal geschehen. Grete mischte munter mit. Die IUK-Abteilung schlug zur Überwachung des Archivs eine Webcam vor und ergatterte ein geeignetes Schnäppchen. Gemeinsam räumte man auf, entwarf sogar eine verbesserte Aktenführung. Leckere Brötchen aus der Kantine stimmten auf das Neuordnen ein. Fröhliches Stimmengewirr im Keller pustete das Verwaltungsgebäude frei vom alten Muff. Doch die gute Stimmung dauerte nicht lange, viele Hände schafften bald ein Ende. Ekelhafte Ordnung schlich sich wieder ein. Die ersten Braungrauen fanden den Weg zu Gretes Schreibtisch.

Sie suchte nach Auswegen, fürchtete aber wegen der Kamera die Entdeckung. Grete hatte ihren preisgünstigen Feind von Anfang an beobachtet. Wenn Licht anging, begann die Kamera zu filmen und hinderte sie so, ein neues und nachhaltigeres Durcheinander anzurichten. Sie rüstete auf. Ein Nachtsichtgerät und der tiefschwarze Taucheranzug ihres Mannes.

Am frühen Nachmittag, kurz nach Dienstschluss schlich sie in die Damentoilette. Mühsam zwängte sie sich in den Anzug ihres Mannes, hatte er doch eine schmächtige Figur. Grete Steinbrück verwandelte sich in Catwoman. Eher in die Mutter von Catwoman. Strohtrockene Locken ihrer Dauerwelle quollen aus den Seiten des Taucheranzugs. Das Wildgekräuselte umrahmte ihre roten Pausbäckchen. Kaskadenartig verlaufende Wülste ihrer barocken Figur hätten einen unbeteiligten Zuschauer zunächst auf ein schwarzes Michelinmännchen schließen lassen.

Mutter Catwoman schlich zum Keller und öffnete die Tür des fensterlosen Archivs einen Spalt. Zwängte sich rückwärts durch die Tür, schloss sie leise und hielt das Nachtsichtgerät vor die Augen. Ein teures Stück, damit war sie ihrer IUK-Abteilung technisch um Jahre voraus.

Eine Viertelstunde Zerstörung behördlicher Ordnung lag hinter ihr, da steckte jemand einen Schlüssel in die Tür. Bei Gott, er drehte ihn um. Gretes Oberschenkel zitterte. Ein Lichtstrahl schien vom Flur herein, der Eindringling knipste die Deckenlampen an. Grete erstarrte. Ihr Magen rebellierte, als sie das Blinken der roten Kameradiode wahrnahm. Der billige Feind wurde gemein. Und im Taucheranzug machte sie nicht wirklich eine gute Figur.

Abteilungsleiter Rodehorst schrie auf, als er das schwarze Ungetüm im Archiv entdeckte. Das schwarze Ungetüm tat es ihm gleich. Zu entsetzlich das Zusammentreffen. Das Schrei-inferno kühlte nicht ab. Herrn Rodehorst, obwohl normalerweise ein ganzer Kerl, wummerte das Herz bis zum Anschlag.

Grete Steinbrück war enttarnt. Über die Zusammensetzung des Disziplinartribunals hätte man streiten können, auch der blasse Herr Rodehorst gehörte dem Bestrafungsgremium an. Die Saboteurin gab sich umgänglich und so devot, wie man es von einer Beamtin erwartete. Weder ketzerische „Ausbeuter"-Parolen noch innovative Chaostheorien kamen ihr über die Lippen. Der Dienstherr übte Nachsicht. Und sie hatte verstanden: Kreativität und öffentlicher Dienst bildeten Gegensätze.

Man versetzte die Übeltäterin an den Informationsschalter am Eingang. Hier, war die einhellige Meinung, könnte sie kein Unheil mehr anrichten, saß sie doch auf einer Empore, direkt den informationshungrigen Bürgern und Bürgerinnen zugewandt. Von allen beäugt, würde sie wieder zu einer Aufrechten werden.

Grete thronte allein auf der Empore, sie hatte viel zu tun. Zu viel. Jeden Morgen bildeten sich lange Schlangen vor ihrer Information. Zum Bauamt in den ersten Stock. Das Einwohneramt ist hinten links. Im Zimmer 170 gibt es Angelscheine. Ein halbes Jahr lang bereitete ihr das neue Tätigkeitsfeld durchaus Freude. Dann aber meldete sich erneut das bekannte Gefühl ödester Langeweile.

Im Spätherbst beobachtete Grete Steinbrück nachdenklich eine netzbauende Spinne an der Eingangstür.

Sie fokussierte das Netz. Ein Bürger trat an den Informationsstand und wollte wissen, wo er einen Angelschein bekäme – den hätte er in Zimmer 170 bekommen. Die zulagenberechtigte Beamtin sah den Fragenden einen Moment an, zögerte. Schaute noch einmal auf das emsige schwarze Biest im Eingang und schickte den Bürger in die Innenstadt, zum Rathaus.

„Nun", sie lächelte ihn freundlich an, „mit dem Bus benötigen Sie dahin doch nur eine knappe halbe Stunde." Eifrig zog die Spinne ihre Fäden neu ...

Lotti

Meine Eigentümerin heißt Lotti. Sie ist rothaarig und
ihre Rundungen sind vielversprechend. Mir ist bekannt, dass sie keine echte Rothaarige ist. Ich schweige aber
über den Ursprung meines Wissens, denn Diskretion ist in
meinem Beruf alles.

Lotti hat mich vor einem Vierteljahr in ihren Dienst gestellt.
Wir sahen uns das erste Mal in der Adler-Apotheke. Sie hat
mir gleich gefallen, so schüchtern und verschämt, wie sie war.

Besonders ihr süßes Stupsnäschen. Wenn sie lächelt, geht
die Sonne auf. Ihr Parfum ist von der eleganten, teuren Sorte
und wird gelegentlich in wohl dosierten Mengen eingesetzt.
Immer dann, wenn ein Mensch männlichen Geschlechts sie
zum Essen einlädt. Heute ist so ein Tag. Ich rieche es schon.

Lottis Parfum lässt viel Vanille und ein wenig Moschus
erahnen. Auch reife Sommererdbeeren.

In meinen Kreisen wurde früher nie Aroma verwendet, um
sich interessanter zu machen. Heute ist das anders. Man
aromatisiert sich, alles muss gut duften und zur Not auch
schmecken. Erdbeere, Vanille, ich warte nur noch auf die
Variante „Eisbein mit Sauerkraut“. Ein Geschmack, der zum
kräftigen Zubeißen animiert. Aus meiner konservativen Sicht
– zu vulgär. Wir vom Fach sollten es beim Bewährten lassen.
Aber – bei Lotti duftet Sommererdbeere einfach köstlich.

Meine Eigentümerin hat sich in ihren engen Kampfanzug
gezwängt. Ein schwarzes Etuikleid aus Samt mit gewagtem
Ausschnitt. Ihre beiden Vorzüge kommen hervorragend zur
Geltung. Sie sind wohlproportioniert und wippen beim
Gehen einladend. Wirklich bezaubernd.

Als wir vor zwei Wochen auf Männerfang waren, hat sie mich sogar zwischen ihren zwei Vorzügen eingeklemmt. Ich sollte schnell und praktisch erreichbar sein.

Wunderbar weich und warm lag ich da, so stelle ich mir das Paradies vor.

Lotti atmete schnell wie ein aufgeregtes Vögelchen. Von meiner Position aus hätte ich sogar ihren Biorhythmus ermitteln können.

An diesen Abend kam ich nicht zum Einsatz: Der Auserwählte war Arzt von Beruf, sein Handy klingelte erbarmungslos und rief ihn zu einem Notfall.
Schluss mit dem schnellen Atmen. Und ich wurde wutentbrannt vom Paradies in das anthrazitfarbene Abendtäschchen gequetscht, neben Kamm und Kugelschreiber.

Ach, Lotti, dieser Abend machte dich selbst zu einem Notfall. Bäche von Tränen ergossen sich über dein Gesicht. Mir war zwar bekannt, dass Menschen über Körperflüssigkeit verfügen, nur über die Menge war ich mir nicht im Klaren.

Im letzten Vierteljahr haben wir viele unnütze Verabredungen hinter uns gebracht. Jedes Mal glitzerten deine Augen am Anfang. Dann ging irgendetwas schief und deine großen, wunderschönen Rehaugen drohten in salziger Nässe davonzuschwimmen.

Wir hatten viele schlechte Tage miteinander. Aber auch ein paar gute.

Erinnerst du dich an den Mann mit dem Sprachfehler, seines Zeichens Elektriker?

Er stotterte unerträglich. Aber wenn er richtig in Fahrt kam, wurden seine Aussetzer immer weniger. Es reichte sogar für einen oder zwei Sätze ohne Unterbrechung.

Der war ein ganz Forscher, unser Kurzschlussbauer. Ich brauchte dir noch nicht einmal zu helfen. Er hatte vorausschauend geplant und nahm die Hilfe eines billigen Kollegen von mir in Anspruch.

Zum Schluss erst hat er dir stotternd gestanden, dass er verheiratet ist. Ich frage mich bis heute, ob sich sein Sprachfehler ausgeweitet hat, nachdem Du ihm eine geknallt hast.

Ach, Lotti, ich liebe dich. Du kannst ein richtiges Feuerköpfchen sein und siehst wütend einfach hinreißend aus.

Heute wollen wir versuchen, alles richtig zu machen. Unser Handy-Akademiker hat einen zweiten Versuch. Nicht, dass ich glaube, er wäre gut genug für dich. Aber mein Herz blutet, wenn Dein Herz blutet. Du suchst einen Mann für die gemeinsame Zukunft und ich werde dir beistehen, so gut ich nur kann. Auch, wenn ich einen hohen Preis dafür zu zahlen habe.

Hoffentlich hat dein Verehrer diesmal sein Telefon ausgeschaltet. Ja, ja, ich sehe es ein: Er hat einen Doktortitel, einen sicheren Arbeitsplatz und ist kein geldknapper Jüngling. Als Paarungsmännchen bestimmt ideal. Dafür labert er langweilig und tanzt wie ein Bauer. Sein Balzritual ist wirklich zum Abgewöhnen.

Lotti, du bist doch willig und abschleppreif. Aber der Tölpel muss blind sein und merkt es nicht. Alexander heißt er, aber ein Großer ist er nicht und ein Eroberer auch nicht. Ob Eltern wissen, welch unpassende Namen sie ihren Kindern geben?

Kleingeist, das wäre ein guter Name für ihn. Nun gut, so viel Zeit muss sein: Herr Doktor Kleingeist.

Aber wer sagts denn, Doktor Kleingeist bringt dir wenigstens Blumen zum Rendezvous mit. Gelbe Tulpen. Zudem hat er einen dunklen, edlen Zwirn mit Nadelstreifen übergeworfen. Da hat die Mutti ihn aber fein gemacht!

Seine Absichten hätte er sich auch gleich auf die Stirn schreiben können. Was er heute mit dir vorhat, macht seine Geruchskulisse überdeutlich klar. Das scharfe Rasierwasser ist bestimmt ebenfalls von Mutti. Sicher hat der Doktor heute gebadet. Obwohl kein Samstag ist.

Lotti, du siehst bezaubernd aus. Dein lockender Schmollmund verursacht bei mir ein leises Knistern. Die Lippenstiftfarbe heißt Septemberwind. Ich darf heute wieder bei dir sein, mein Zuhause ist dein kleines Silberbeutelchen. Ein guter Platz für mich, er bietet freie Sicht durch die Pailletten.

Doktor Kleingeist hat ein Restaurant der Luxusklasse ausgewählt. Mit romantischem Blick auf die See. Ich denke, du bist auf Erfolgskurs, Lotti. Er bestellt mit ungeschickter, aber gewollt großer Geste eine Magnumflasche Champagner und Kaviar auf Blinis. Hoffentlich setzt sein Kreditkartenunternehmen einen Killer auf ihn an.

Deine Lippen berühren vorsichtig das Glas, du lächelst strahlend und ich ertappe mich bei dem Wunsch, dass diese Lippen mich einmal umschmeicheln könnten. Ich werde mit meinen unerfüllten Sehnsüchten noch vertrocknen.

Es ist unglaublich, wie viele Stunden ein Abend bei Kerzenschein dauern kann. Mittlerweile bin ich schon zerknautscht und mag diesem langweiligen Präludium nicht mehr zuhören.

Nach Mitternacht wird Alexander plötzlich richtig witzig. Er fragt dich glatt, ob du zuhause noch einen Kaffee für ihn hättest. Einen Kaffee? Junge, sie hat viel mehr zu bieten als nur Kaffee. Die Kleine ist so heiß, dass sie im Regen zischen würde.

Lotti, lass es nicht dazu kommen, dass wir uns jetzt trennen müssen. Nicht wegen eines Kaviar schluckenden Bauerntölpels.

Ich weiß, meine Stunde ist gekommen. Die Zeichen mehren sich. Du hast ihm gesagt, du willst dir nur die Nase pudern gehen. Doch jetzt liege ich wieder diskret zwischen deinen warmen, weichen Brüsten. Gleich kommt mein großer Auftritt.

Erstaunlich, dass Menschen sich immer im Halbdunkeln abkämpfen müssen, bevor sie zur Sache kommen. Erst den einen Reißverschluss suchen und öffnen, dann den anderen Reißverschluss suchen und öffnen. Ein Knöpfchen hier und eines da. Schnell atmen, leise Sauereien flüstern. Sich küssen und wälzen. Zur Abwechslung wieder wälzen und küssen.

Igitt, er hat dich gerade zwischen die Brüste geküsst und mich dabei getroffen. Ist ja widerlich! Lotti – nicht! Tu es nicht!

Oh, das ist schön. Frische Luft zum Atmen. Du hast mir die Freiheit gegeben. Ich bin bereit. Meine Profession ist nicht nur Beruf, sondern Berufung. Ich schütze dich.

Ich spüre deine spitzen Fingernägel. Sie sind rotlackiert, hart und scharfkantig.

Pass auf mich auf, Lotti. Ich bin ziemlich sensitiv und dünnhäutig. Wenn du mich piekst, ist es aus mit deiner Freiheit. Für mindestens achtzehn Jahre.

Mein weiterer Werdegang ist besiegelt. Ich werde meinen Mann stehen und am Ende auf Nimmerwiedersehen im Nirwana-Kreisel der Toilettenspülung verschwinden.

Lotti, du warst meine einzige Liebe. Ich bin einen langen Weg mit dir gegangen.

Ich liebe dein Lachen und dein Verlangen. Manchmal hast du dich sogar nach mir gesehnt, wenn Du wolltest, dass ich ganz nah bei dir bin und dich beschütze.

Meine Liebe, wir werden uns nicht wiedersehen. Aber vielleicht gibt es für mich ein recyletes Leben danach. Als Massagegerät oder Parkbank. Wer weiß das schon.

Aber in diesem Moment, in voller Pracht vor dir stehend, habe ich noch einen letzten Wunsch an dich: Berühre mich ein einziges Mal mit deinen wunderschönen Lippen. Ich träume vom Septemberwind, er bläst so schön ...

Oh, nein Lotti, aus mit meinem Traum!

Verdammt! Du hast mich mit deinem Fingernagel beschädigt! War das Zufall oder Absicht mit Zukunftsaussicht? Wenn es ein Junge wird, wirst du ihn nach mir benennen? Nach Deinem Beschützer? Billy ist ein so schöner Vorname.

La Fée Verte

Hätte ich gewusst, dass sich Hemingway mit einer Doppelläufigen das Leben nehmen würde – ich wäre der grünen Fee niemals begegnet. Für Mr. Hemingway mag es Gründe gegeben haben, sich zu entleiben, nicht nur wegen der grünen Fee. Aber ihren Anteil daran wird sie kaum leugnen können.

„La Fée Verte - Die grüne Fee", sie war zur Zeit meiner unternehmungslustigen Jugend nicht verboten. Artemisia absinthium, daraus fertigten geübte Destillateure den Wermut namens Absinth.

Alkohol allein, würde mein Urenkel heute neudeutsch formulieren, bringt den „Flash" nicht. Ein im Absinth enthaltenes Nervengift verändert die Farbwahrnehmung dramatisch und bewirkt den „Flash". Damals schwamm eine viel zu hohe Konzentration des Nervengiftes im Schnaps. Selbst Hemingway nannte sein Lieblingsgetränk, bestehend aus vier Zentilitern Absinth, zwei Eiswürfeln und etwas Champagner, „Death in the afternoon". Tod am Nachmittag.

Im Sommer des Jahres 1922 ertränkte ich heftigen Liebeskummer. Annemarie hieß mein Augenstern. Sie war bildhübsch. Ein wunderschönes, blitzblankes Mädel, in dessen tiefblauen Augen hellblaue Flämmchen loderten. Unsere zarten Liebesbande gediehen prächtig, forsch tauschten wir Liebesbeweise aus. Händchen haltend spazierten wir durch den Stadtpark, das kam einer Verlobung gleich.

Ich nannte sie immer Anne. Bei unseren Spaziergängen trug sie oft ein weißes, knöchellanges Baumwollkleid, dazu farblich abgestimmte Handschuhe und ein helles Strohhütchen auf ihrem blonden Haar. Den porzellanfarbenen Teint schützte sie mit einem Sonnenschirmchen vor den bräunenden Strahlen. Vergleiche ich Anne mit den Freundinnen meines Urenkels Fabian, kamen Frauen damals von einer anderen Welt. Zungenpiercing, Bauchnabelpiercing und schichtweise Make-up im Gesicht empfinde ich als seltsamen Weg, Interesse an Zweisamkeit zu signalisieren – einmal abgesehen von der heutzutage üblichen, drastischen Art zwischengeschlechtlicher Kommunikation.

„Liebster", hauchte Anne beim Spazieren im Spätsommer, „wann werden wir uns offiziell verloben, damit ich ganz Dir gehöre?" Mein Augenstern drängte, aber ich war noch nicht so weit. Ein ganzes Leben mit nur einer einzigen Frau zu verbringen – dieser Gedanke ließ mich innehalten. Ob meines Zauderns zeigte sich Anne unwirsch und entzog mir mit ihrer Gunst auch ihre Hand.

Ich begann, mich zu betrinken. Wie Picasso, Van Gogh und Gaugin trank ich Absinth mit oder ohne Eis bis zum Umfallen. Gibst du dich dem Absinth zu sehr hin, besucht dich die grüne Fee, wurde damals gemunkelt. Bis zu diesem Zeitpunkt waren meine Selbstversuche mit Absinthräuschen moderat gewesen, die grüne Fee hatte mich noch nie besucht. Daher betrachtete ich derlei Geschichten als Ammenmärchen.

Am Sonntagabend nach unserem Zerwürfnis bekam ich dann aber doch Besuch. Umnebelten Schädels fühlte ich meine pelzige Zunge und schwere Augenlider schlossen sich träge. Ein Rauschen, ein Summen ging durch meinen Körper. Bis in jede Spitze durchströmte mich Flüssigkeit. Ich stand in unserem Park, nahe am Stadtfriedhof. Hier waren wir selten spazieren gegangen, dieser Parkabschnitt lag zu weit von den

Hauptwegen entfernt. Ich genoss die warme Luft. Jede meiner Körperregungen wurde durch den Wind verstärkt. Zu meinen Füßen bewegte sich etwas. Ich sah an mir hinunter. Dort lag Annemarie im Gras, in den Armen eines fremden Mannes. Schaudernd schüttelte ich mich, ein paar Blätter fielen von mir herab.

Der unbekannte Mann küsste Anne, sie erwiderte seinen innigen Kuss mit ihren herzförmigen, weichen Lippen. Sie schenkte meinem Rivalen einen Blick voller Hingabe, Samt und Glut. Es schüttelte mich vor Widerwillen. Noch zwanzig Blätter fielen zu Boden. Mein Denken funktionierte uneingeschränkt, meine Sprache nicht. Ich fühlte mich grün. Wunderbar grün. Ich war eine Eiche. Ohne dieses unsägliche Treiben zu meinen Füßen hätte ich mich wohl gefühlt. Unendlich wohl. Ungläubig sah ich hinunter. Mit jedem einzelnen Blatt konnte ich meinen Blick schweifen lassen. Ich hatte tausend Augen.

Der fremde Mann berührte Annemaries zarte Haut. Er küsste sie an der leicht pulsierenden Stelle am Hals, was Anne einen kleinen Seufzer entrang. Die Hände meines Rivalen bewegten sich langsam, aber zielsicher auf ihre gestärkte, weiße Bluse zu. Im Gegensatz zu mir verfügte der lüsterne Fremdling nicht über tausend Augen, dafür über tausend Hände. Geschickt öffnete er vier kleine Perlmuttknöpfe und erforschte ihr Baumwollleibchen. Meine Osmose geriet ins Stocken.

Anne gab sich keineswegs schüchtern, ihre lockenden Lippen forderten leidenschaftliche Küsse ein. Eine in meinem Geäst dösende Amsel flog aufgescheucht piepsend davon. Anne ließ ihre wohlgeformten, weichen Brüste von meinem Gegenspieler entblättern und liebkosen. Kleine und knospige Bällchen. Knospig gefiel mir besonders gut.

Weshalb benahm sich Annemarie bei diesem Kerl derart leidenschaftlich? Mit mir wollte sie nur Händchenhalten und Verlobung. Ich rauschte ratlos.

Begierig tastete sich der Wüstling zu ihren langen, schlanken Beinen vor. Die Schamlosigkeit dieses Vorgehens ließ mich beinahe mein Blattwerk zusammenrollen. Mir fällt es schwer, Sinnlichkeit und Erotik zu beschreiben, das war in unserer Generation nicht üblich. Aber – als die glühende Sonne über dem Park versank, verlor ich in hellem Aufruhr alle meine Eicheln auf einen Schlag.

Anschließend begann ich, leise zu rauschen.

Ein majestätisch-entspanntes Rauschen. Der Anblick meiner Liebsten in den Armen eines anderen schmerzte, gleichzeitig regte mich diese Schlüssellochperspektive an.

Vollends entspannt erhob sich der Unhold, bot meiner Anne die Hand und half ihr auf. Langsam zog er ein Taschenmesser hervor, klappte es auf und ritzte ein riesiges Herz in meine Haut. Ein unbeschreiblicher Schmerz durchzuckte meinen Körper. Ich wollte schreien und mich krümmen, konnte aber nicht. Dann ritzte mein Rivale die Initiale A & O in mich. Wieder versuchte ich zu schreien, zu schreien und – öffnete die Augen. Wie aufgeschlagen lag ich zwischen Gläsern und Flaschen auf dem Boden meines Zimmers.

Man sagte, dass die grüne Fee bei ihren Besuchen erotische Einblicke schenkt. Selten würden diese Einblicke im wirklichen Leben gewährt. Zu meiner Zeit spielte sich Erotik im Verborgenen ab. Dieses Traumerlebnis bescherte mir allerdings eine tiefe Erkenntnis: Anne war meine Traumfrau. Flugs entschloss ich mich zu einem Heiratsantrag und hielt bei ihrem Vater um ihre Hand an. Unsere Ehe erwies sich als

Glücksgriff. Ein Mann, der Freiheit liebt, hätte mithilfe der grünen Fee vielleicht einen anderen, falschen Weg eingeschlagen.

Wir bekamen fünf Kinder, unsere Nachkommen haben ebenfalls für Nachwuchs gesorgt – sicherlich ohne den Besuch der grünen Fee, denn Absinth wurde 1923 in Deutschland verboten. Inzwischen in abgeschwächter Form wieder erlaubt, rate ich dennoch von diesem Getränk ab: Ich habe eine nachhaltige, fast psychotische Abneigung gegen Taschenmesser davongetragen.

Und niemals mochte ich meiner Frau in Gegenwart eines Baumes erotische Avancen machen. Unsere Enkelkinder schenkten meiner Anne einen Bonsai zum Geburtstag, sie stellte ihn auf die Fensterbank im Schlafzimmer. Ich deckte den Bonsai immer mit einem großen Herrentaschentuch ab, sobald es interessant wurde. Anne hielt meine Angewohnheit für eine liebenswerte Marotte.

Anne starb im letzten Jahr. Ganz still, im Schlaf. Ich möchte nicht unbescheiden wirken, wir hatten ein erfülltes Leben miteinander. Aber sie fehlt mir sehr.

Unseren Park, in dem ich ein Baum sein durfte, hat die Stadtverwaltung zugunsten des Friedhofes umgewidmet. Die Stadt wuchs und mit ihr wuchs auch der Friedhof. Unsere Eiche wurde zu einem Friedhofsbaum. Seit kurzer Zeit erst sind Bestattungen unter einem Baum erlaubt. Ich habe für meine Liebste die Wurzeln der Eiche als Ruhestätte gewählt. Das wird dem Baum gefallen, er kann sich von der Asche nähren und wachsen.

Morgen feiere ich meinen letzten runden Geburtstag. Daher

habe ich diese Zeilen niedergeschrieben, denn ich möchte am gleichen Ort begraben werden. Ich sehne mich nach meiner Anne. Vielleicht werden wir das Glück haben, uns gemeinsam in den Zweigen der alten Eiche zu wiegen. Und wenn der Herrgott mir noch einen Wunsch freihält, so möchte ich im frühen Morgenrot sterben, wie es sich für einen alten Baum gehört.

Irgendwann einmal werde ich meinem Sohn Fabian den letzten Brief seines Urgroßvaters zeigen. Irgendwann einmal ... Alexander Hofer strich vorsichtig über das vergilbte, Büttenpapier. Eine zärtliche Geste. Er sah auf die gestochen scharfe Handschrift seines Opas, die ahnen ließ, dass der einstmals ein aufrechter Staatsdiener war.

Er faltete seinen Schatz und legte ihn zurück ins alte Zigarrenkistchen. Staub wirbelte umher. Eine Weile blieb Alexander auf dem Dachboden und hing seinen Gedanken nach. Dann stieg er nach unten, zu seiner Frau. Legte den Arm um sie und küsste sanft ihren Nacken. Für diese Liebkosung erntete er eine hellblaue Freudenflamme in dunkelblauen Augen.

Spiegel

„Spiegel! Hast du das gesehen, Erika? Sie tragen riesige Spiegel ins Haus!" Ratlos schubberte Bauer Walter seine Denkerstirn, hinter der aber keine Lösung auf die Frage wartete, wofür jemand eigentlich so viele Spiegel brauchte.

„Scheinen ja merkwürdige Leute zu sein, unsere neuen Nachbarn". Seine Frau ließ diese Feststellung ziemlich kalt, ihr Naturell wogte zeitlebens in gemäßigter, fließender Ruhe. „Die werden schon nett sein", bemerkte sie und trug zwei Teetassen ins Wohnzimmer. Der Wasserkessel pfiff schrill. In den Ohren der Bauersleute ein Wohlklang, denn gleich wollten sie sich die Tagesschau ansehen und damit den wohlverdienten Feierabend einläuten. Dabei tranken sie immer eine beruhigende Tasse Darjeelingtee mit reichlich Zucker und Sahne. Ihre Augen sahen Terror, Blut und Massaker. Geruchs- und Geschmackssinn dagegen waren ausgelastet mit süßen, sahnigen Wonnen. Der markante Nachrichtensprecher ließ gerade verlauten, dass auch in diesem Jahr kein Konjunkturaufschwung zu verzeichnen sein würde.

„Alles Pfeifen in der Regierung", raunte Walter, „alles Pfeifen." Sein Blick löste sich von der Mattscheibe. „Irgendwie sind mir die Neuen von nebenan unheimlich."

„Pst!" Seine Frau wollte lieber dem Herrn in Schlips und Kragen zuhören.

„Ich werde der Sache mal auf den Grund gehen." Erika pste wieder und spitzte die Lippen, um sich am Darjeeling zu laben.

Walter ließ auch am nächsten Tag nicht locker. Während der Feldarbeit sah er immer wieder hoch und beobachtete das

Nachbarhaus. Merkwürdige Dinge taten sich dort. Manchmal glaubte er sogar, Schreie zu hören. Aber vermutlich spielten ihm nur die Krähen einen Streich. An jenem Abend, hatte er sich vorgenommen, würde er noch vor der Tagesschau einmal nach dem Rechten sehen und bei den Nachbarn durchs Fenster schauen. Nicht aus Neugierde, nein. Nur aus Interesse an Mitmenschen. Vielleicht konnte er ja behilflich sein.

Bauer Walter wischte mit dem Ärmel seines Grobstrickpullovers ein Guckloch frei. Er wischte sich in eine andere Welt hinein. In eine völlig andere Welt. Die bleiverglasten Fenster boten mehr als die heimische Mattscheibe. Viel mehr. Was war dagegen schon ein Tagesschau-Massaker. Walters Augen wurden groß.

„Erika, wo bist du?"
Was für eine seltsame Frage. Erika stellte den altersschwachen Wasserkessel auf die Flammen des Gasherds, gleich begann die Tagesschau.
„Hier", flötete sie.
Walter betrat die Küche, mit scharfem Blick schaute er sein Weib an. Er öffnete die Kühlschranktür und entnahm die Sprühsahne, gestern hatte es Pflaumenkuchen gegeben. Erika blickte Walter verwundert an.
„Möchtest du noch ein Stückchen Kuchen?", tastete sie sich langsam vor. Ihre Stimme zitterte, zu sonderbar schien ihr dieser Moment. Walter sagte nichts. Er nahm seine Frau an die Hand. „Was ist denn, Walter?" Der öffnete die Tür zum Schlafzimmer und schaltete das Licht ein.
Eine Viertelstunde später war Erika sich im Klaren darüber, dass sie nie wieder Sprühsahne im Hause haben würde. So viele Ehejahre und dann so etwas. Sie glaubte, ihr „Kerl" wäre närrisch geworden. Zunächst wollte sie protestieren. Nein

sagen. Aber sie hörte den Wasserkessel energisch pfeifen und dachte an die morgige Einkaufsliste, so, wie sie es schon immer getan hatte, wenn Walter energisch wurde. Und dann strebte das Sprühsahne-Inferno endlich dem Höhepunkt entgegen und sie wollte nicht stören. Im Grunde genommen hätte ich etwas sagen sollen, dachte sie, als sie die Betten frisch bezog. Irgendetwas, das so ähnlich klang wie nein. Der Gedanke, dass es sich bestimmt nur um einen einmaligen Ausrutscher handelte, beruhigte sie.

Doch auch am nächsten Abend schaute Walter wieder durch das nachbarliche Guckloch der fleischlichen Freuden.

„Vielleicht", sinnierte Erika, „liegt es ja an den frischen Zwiebeln. Zwei Tage hintereinander Zwiebeln sind vielleicht nicht gut." Sie versuchte, sich mit der Einkaufsliste abzulenken. Walter werkelte hinter ihr.

„An was denkst du gerade?", fragte der Aktivist und blickte in das Spiegelbild seiner Ehefrau. Vom Dachboden hatte er Großmutters staubigen, halbblinden Spiegel heruntergeschleppt. Emsiges Arbeiten für emsige Lust. Erikas Gedanken zerstoben.

„An Butter", sagte sie und freute sich, dass sie die Bettwäsche heute nicht neu beziehen musste.

„An Butter? ... Du ... Tier!" raunte Walter kehlig. Erika beschloss, aufgrund dieses Missverständnisses künftig auch keine Butter mehr im Hause zu haben. Sicher war sicher.
Die nächsten Abende gestalteten sich ebenfalls facettenreich. Erika machte sich Sorgen um ihre Ehe. Nachts, wenn Walter schlief, hatte sie genügend Ruhe, um ungestört nachdenken zu können. So viel Stress für alte Leute, das konnte auf Dauer nicht gut gehen. Völlig erschöpft und verzweifelt fragte sie sich, woran der ungewöhnliche Antrieb nur liegen konnte. Zuweilen legte Walter sogar noch eine Extrarunde nach. Erika grübelte. Und kam zu dem Schluss, dass die Zwiebeln

sicher keine Schuld trugen, die hatte sie nämlich schnell vom Speiseplan gestrichen. Trotzdem blieb die Taktzahl hoch. Das neue Duschgel, sogar die neue Dauerwelle schloss sie aus. Ihr weibliches Gehirn machte Überstunden. Sonst schien sich in ihrem beschaulichen Leben doch nichts geändert zu haben. Zwei Stunden sinnschweren Grübelns brachten sie auf die Idee, doch einmal nachzusehen, wofür die neuen Nachbarn so viele Spiegel im Hause brauchten. Weiblicher Spürsinn. Trüffelschweingleich. Unruhig schlief sie ein.

Am nächsten Abend, nach Einbruch der Dämmerung, ging Erika zum Nachbarhaus. Schmutzige Fenster starrten sie an. Doch an einer Scheibe entdeckte sie eine sorgfältig freigesetzte Stelle. Sie stellte sich auf die Zehenspitzen und lugte durch das Guckloch des Sündenpfuhls.

Erikas Augen wurden groß und größer. „Pfui Deibel noch einmal", wisperte sie und konnte den Blick nicht abwenden. „Pfui Deibel" wechselte sich ab mit „das ist ja eine Sauerei". Sie schluckte hart und wandte den Blick vom echten Leben ab. Ein Hurenhaus!

Die Tagesschau, dachte sie wutschnaubend, ist dagegen doch feuchter Lehm. Nochmals warf sie einen Blick durch das Guckloch. Sie stellte fest, dass von derart ausufernden Schweinereien noch nicht einmal die Frauenrunde der katholischen Kirchengemeinde tuschelte – und dort tuschelte man schon über so einiges. Erika wusste jetzt, woher Walters Energie kam und sie wollte schreien vor Wut. Die Polizei rufen, den Pastor verständigen, Demonstrationsplakate malen und Kekse backen.

Nein, das war nicht radikal genug. Sie lief ums Haus herum zur Eingangstür, aufgebracht wollte sie diese, diese ... Frauen stellen. Sie klingelte, dachte an Walter und die letzten anstrengenden, aufregenden Tage. Noch mehr graue Haare hatte sie bekommen. Endlich wurde die Tür geöffnet.

Eine schöne Frau mittleren Alters stand in der Tür. Bauersfrau und Hurenmutter schauten sich an. Erikas Wut wich der Unsicherheit. Das zähschleimige Suchen nach passenden Worten machte alles nur schwerer. Zögerlich nahm sie Anlauf. Anlauf wohin? Ohne Worte zu verschwenden, heulte Erika los. Wenn Worte nicht sprudeln, tun es die Tränendrüsen vor Verzweiflung. Sie stand vor der Tür, weinte, weinte und weinte. Wortlos zog die Hurenmutter die heulende Bäuerin ins Haus.

„Er macht es jede Nacht mit mir. Manchmal sogar zweimal ... ich bin fertig ... und dann auch noch bei Licht! Und so einen neumodischen Kram und das alles nur ..." Schluchzend schilderte Erika ihr Leid.

Sechs knapp bekleidete Schönheiten saßen um den Küchentisch herum, während die zusammengesunkene Bäuerin ihre Unbill mit rotfleckigem Gesicht erzählte. Die Damen des Gewerbes hatten Mitleid, denn Erika sah überfordert und ausgelaugt aus. Sie analysierten, dass Walters Ideenreichtum offensichtlich nicht aus dem Selbst heraus kam. Nur mit einer Initialzündung zündete auch er. Susi, die Dame mit den beschrifteten Pobacken, fand eine Lösung. Bizarrlady Aznar stimmte zu.

Am nächsten Abend stiefelte Walter auf das Haus am Rande seines Feldes zu und rieb sich erwartungsvoll die Hände. Strömender Regen weichte das Feld auf. Als er vor dem Fenster stand, holte er tief Luft und freute sich auf die bevorstehende Aufheizung. Der Regen störte ihn nicht, vermutlich hätte er ihn gleich vergessen. Die Krähen kreischten heute besonders laut. Walter schaute durchs Fenster. Für einen

Moment hielt er inne, denn die Sicht war schlecht, er nahm seinen Ärmel und wischte die Stelle regenfrei. Er leckte die Lippen und spähte durchs Guckloch. Sein Blick erstarrte. Alles an ihm erstarrte. Er schluckte. Sein Kehlkopf tänzelte.

Krähenschreie ohne Krähen. Susi und Lady Aznar hatten die Zimmer getauscht. Blut spritzte an die Fensterscheibe.

Walter stand regungslos da, seine Phantasien fielen zusammen. Peitschen, Leder und ein Teelöffel. Walter wusste bis dahin nicht, wozu Teelöffel fähig waren. Er hielt sich die Hinterbacken mit den Händen fest. Schluckend und hinternfesthaltend stolperte er über den Acker, zurück ins wohlige Heim.

Erika saß im Ohrensessel, schenkte sich eine Tasse Darjeeling ein. Der Mann von der Tagesschau berichtete monoton vom Wirtschaftsabschwung, der aber keine Rezession sei. Erika lächelte, als ihr Mann durchnässt hereinkam. Vor ihr stand ein nasses Bäuerchen. Sie spitzte die Lippen und schlürfte genüsslich. Vernehmlich rührte sie den Tee mit einem Löffelchen um. Unschuldig sah sie ihren Walter an.

„So ein Abschwung", sagte sie, auf den Herrn mit Anzug und Krawatte zeigend, „ist manchmal gar nicht schlecht, nicht wahr, Walter?" Erika lächelte milde. Leise kreiste der Teelöffel in der Porzellantasse.

Quarkboller und ungezügelte Lust im Einwohneramt

„Hallöli und guten Morgen, ihr Lieben", flötete Gertrud ihren Kollegen zu. Trudi, eine freundliche, warmherzige Endfünfzigerin mit drahtiger Dauerwelle und einer der Zeit hinterherhinkenden Hornbrille, lebte allein. Hermann, ihr Ehemann, war vor zwei Jahren heimgegangen. „Ach", sagte sie oft, „das Hermannchen, es fehlt mir manchmal so." Trotzdem sah sie freudig ihrer selbst gebastelten, rosigen Zukunft entgegen. Ihr Wolkenkuckucksheim beinhaltete ein neues Hermannchen, einen geregelten Tagesablauf auf dem heimischen, braunen Breitcordsofa und ein in Bälde eintretendes, auskömmliches Pensionärsdasein. Das langweilige Leben würde sich von allein ergeben, doch ein neues, williges Hermannchen zu erwischen, war nicht einfach.

Gesundheitlich ging es Gertrud in letzter Zeit nicht so richtig gut. Sie fühlte sich immerzu müde und abgespannt. Der Verwaltungsbeamtin im Einwohnermeldeamt war diese Veränderung zunächst nicht aufgefallen, dachte sie doch, die sei betrieblich bedingt und normal. Im Rahmen einer Routineuntersuchung stellte ihr Lieblingshausarzt aber fest, dass sie etwas mit den Drüsen habe. Trudi nahms gelassen.

„Sie nehmen morgens eine Pille, nach zehn Tagen zwei Pillen. Und nach weiteren zehn Tagen, wenn ich aus dem Urlaub zurück bin, dann kommen Sie wieder zu mir." Der sympathische rheinländische Doktor erklärte Trudi ihr Leiden nicht näher. Wat soll es auch, dachte er wohl, is ja nur en Mädsche.

Mädchen Trudi hatte trotz der genetischen Benachteiligung verstanden. Erst eine, dann nach zehn Tagen zwei und dann

wieder zum Doktor gehen. Eine gestandene Verwaltungsbeamtin erfasste so etwas. Trudi trug die Termine sorgsam in
ihren blauen Beamtengewerkschaftskalender mit Umschlag-
funktion ein.

Gertruds liebes Wesen war bekannt. Brachte sie doch an
jedem Montagmorgen ihre kleinen Quarkboller aus Hefeteig
mit. Eingehüllt in Puderzucker. Trudi und ihre Quarkboller –
ein zuckersüßes Gespann. Alle liebten Trudi. Oder taten
wenigstens so.

„Meine Süßen, hat der liebe Chef schon nach mir gefragt?"
trällerte sie. Kollegengesichter verzogen sich. Ihnen blieb
auch nichts erspart. Denn Trudi hatte es mit Herrn Bauer.
Könnte er vielleicht ein neues Hermannchen werden? Mit
Blicken zog er sie doch bereits aus. Meinte jedenfalls Trudi.
Sie freute sich auf den Moment, in dem seine kräftig behaarten
Unterarme den Schreibtisch mannhaft freiräumen würden
und er auf der Schreibtischplatte über sie herfiele. Sie schluckte aufgeregt, wenn sie daran dachte und rückte voller Vorfreude ihre Frisur zurecht. Was für ein Kerl! Sie leckte sich
lüstern die zitternden Lippen. Doch bisher gab sich der Ver-
wegene noch betont reserviert.

„Käffchen, Herr Bauer." Einen Singsang intonierte
Gertrud, als sie ihrem Chef den Morgenkaffee brachte. „Geht
es Ihnen gut? Wohl geruht?" Eine Antwort erwartete sie
nicht. Schon in ihrer Ehe hatte sie die Unterhaltung stets
allein bestritten. Was hätte ihr verblichenes Hermannchen
auch sagen sollen? Hätte sie ihm eine Chance gegeben, wäre
er vor Entsetzen über die Stille vermutlich still geblieben.
Herr Bauer schien ebenfalls ein ganz Ruhiger zu sein.
Gelegentliches Räuspern und ein Zucken der Augenbraue
genügten Trudi, um zu wissen, dass er scharf auf sie war.

Gertrud sah sich mit logischen Problemen konfrontiert. Ihr Kalender mahnte den Arzttermin an. Ein kaltherziger Anrufbeantworter in der Praxis meldete jedoch eine Urlaubsverlängerung des netten Doktorchens. Mädchen Trudi überlegte. Probleme zu wälzen, das lag ihr überhaupt nicht. Erst eine, dann zwei, sinnierte sie, das hatte er doch gesagt? Dann versuche ich es einfach heute mit dreien. So schwer ist es ja nicht. Alle zehn Tage eine mehr.

„Bald gibt es lecker Quarkboller, meine Lieben." Trudi weissagte kurz vor zwölf Uhr das Ende der Sprechzeit. Den Vormittag über hatte sie sich eigenartig erhitzt gefühlt und die Strickjacke über die Stuhllehne gehängt. Der Vormittag war harmonisch verlaufen – wie immer. Wurde ein Bürger renitent, lehnte sich die gestandene Beamtin betont entspannt zurück. Nahm den Räudigen ins Visier. Und sagte in aller gebotenen Langsamkeit: „Sie sollten sich nicht so aufregen, Sie sehen ganz käsig aus". Meistens half das. Wurde der Bürger noch böser, kam Stufe zwei. „Es ist nicht gut, so zu schreien, das haut auf die Potenz." Dann strahlte sie, rückte ihre dicke Hornbrille zurecht und leckte sich genüsslich die Lippen. Erstarrung brachte Ruhe. Stufe drei wendete sie selten an. Sehr selten.

Punkt zwölf Uhr verschlossen sie alle Zimmertüren. Bürgersprechstunde beendet. Die meisten Kollegen gingen zum Essen. Verwaltungsbeamtin Gertrud nahm ihre Pause später, sie verteilte erst die Post in die jeweiligen Sachbearbeiterfächer. Hatte sie doch jetzt mehr Ruhe. Ein Schlitz in der Tür stand für Anträge von Bürgern zur Verfügung. Gern wurden hier nach Beendigung der Sprechstunde Briefe eingeworfen. Das mochte Gertrud allerdings gar nicht. Konnte sich der Bürger, eigentlich sowieso nur Sand im gut geölten Getriebe, nicht an die Sprechstunden halten und nur dann aufbegehren?

Trudi arbeitete sich beim Postsortieren immer wärmer. Sie öffnete die obersten Blusenknöpfe. Das Briefesortieren verlief zunehmend hektischer. Ihr wurde komisch. Sie knöpfte die Bluse weiter auf. Etwas brummte in ihrem Kopf.

Da, schon wieder, schon wieder warf so ein mündiger Bürger einen Brief ein. Sie schaute auf den am Boden liegenden Briefumschlag, der nach Bearbeitung schrie. Am liebsten hätte sie zurückgeschrien. Der Bürger hatte ihn nicht nur zugeklebt, sondern zusätzlich mit einer Tackerklammer versehen. „Der will mich hochnehmen", röhrte es aus Trudi heraus. Sie senkte den Kopf. Ihre Augen rollten sich nach oben, bis nur noch das Weiße zu sehen war. Ein dumpfes Rollen entglitt ihrer Kehle. Würde sie zwanzig Zentimeter über ihrem Schreibtisch schweben, es hätte niemanden verwundert. Dabei hatte dieser Bürger noch Glück.

Schlachtermeister Plambeck brachte einen dicken Umschlag ins Rathaus. Hätte er mit so energiereicher, beamtischer Gegenwehr rechnen sollen, nur wegen eines braunen Briefumschlages? Vielleicht hätte er es sich mit der Steuerkartenänderung überlegt. Vielleicht ...

Der Schlachtermeister warf seinen Umschlag schwungvoll durch den Briefschlitz. Trudi röhrte noch immer. Mittlerweile hatte sie sich ihrer Polyesterbluse gänzlich entledigt, ihr vergilbtes, ursprünglich einmal champagnerfarbenes Unterhemd kam zum Vorschein. „Ich-glaub-es-nicht", schrie Trudi, „schon wieder ein Beamtenhasser!" Sie zog die Schultern nach hinten. Schnaubte durch die Nase. „Noch so ein Brief nach Dienstschluss!" Zornig riss sie den Brief hoch, starrte ihn angewidert an und pfefferte ihn zurück durch den Briefschlitz. Schlachtermeister Petersen wollte gerade gehen, als sein Brief mit einem vernehmlichen Klatschen vor seinen Füßen auf dem nackten Steinfußboden landete. Der Schlachtermeister sah verdutzt auf das Eingeworfene, das jetzt das Ausgeworfene war.

Kopfschüttelnd hob er den Brief auf und steckte ihn vorsichtig erneut ein. Beschlich ihn doch das Gefühl, etwas falsch gemacht zu haben. Trudi scharrte mit den Füßen. Darauf, ja, darauf hatte sie nur gewartet. Das Bürgerschwein wurde unmäßig. Schlachtermeister Petersen beugte sich hinab und lugte durch den Schlitz. In diesem Augenblick flog der Brief mit voller Wucht zurück. Der Schlachtermeister schrie, als die rechte Kante des Briefes sein Auge traf. Trudi trat gegen die Tür. „Ruhe jetzt!" Der Schlachter hielt schmerzverzerrt sein Auge fest und schrie weiter. Trudi riss die Tür auf. Sie hatte sich mit ihren puderbezuckerten Quarkbollern bewaffnet. „Erst nerven und jetzt auch noch hier herumschreien!" Die leicht verbrannten Quarkboller eigneten sich hervorragend als Wurfgeschosse. Schlachtermeister Petersen war dermaßen verwundert über die halb nackte Beamtin, dass er zu schreien vergaß.

Die harten Dinger, mit denen Trudi ihn bombardierte, wurden fortan „Trudis Bürgerkiller" genannt. Zum Schluss warf sie ihm ihre Pumps hinterher. Weit entfernt hörte man einen dumpfen Ton und ein Aufschlagen. Schlachtermeister Plambeck wusste, er würde niemals wieder aufs Amt gehen. Niemals. Plötzlich fand er seine Steuerklasse gar nicht so schlimm. Wozu eigentlich eine Änderung?

Ohne Schuhe, im Unterhemd, trottete die Verwaltungsbeamtin zurück in ihr Zimmer. Natürlich wieder ein Mann, der so unverschämt war, dachte sie, immer sind es Männer, die arme Frauengeschöpfe quälen. Was hatte dieser Kerl eigentlich gegen Beamte? Die tun doch nichts!

Die Hitze in ihrem Körper ließ nicht nach. Sie dachte an Bürger, an Männer und an Schweine. Männerschweine. Der Herr Bauer, ihr Chef, das war auch so einer. Trudis karierter Tweedrock fiel. Erst geilt der Mann sich an mir auf und dann ist er kühl. Mit einem „Plopp" öffnete sie ihren Büstenhalter, ihre Brüste knallten abwärts. Den Büstenhalter schleuderte sie in die Ecke, er blieb traurig am Ficus Benjamini hängen.
Die Nylons fielen und auch die Ohrclips. Gleich Seerosen auf einem Teich schwammen die großen Kunststoffmargeritenclips auf dem braunen Heißgetränk mit Kaffeegeschmack im Automaten vor sich hin.

Die Hüllen waren gefallen, bis auf ihren etwas zu großen Feinripphüftschlüpfer. Trudis nackte Beine baumelten belanglos vom Schreibtisch vor sich hin. Dachte sie doch über Herrn Bauer nach. Über seine Ich-Will-Dich-Ich-Will-Dich-Nicht-Taktik. Dieser Macho macht mich völlig fertig! Wut und Hitze krochen hoch.

Zu Ende mit Zaudern und Zagen! Wie eine breit gewalzte, sechsspurige Autobahn sah sie ihr Leben vor sich liegen. Ganz deutlich erkannte sie Herrn Bauer als ihr neues Hermannchen. Er wollte ja ohnehin nur das Eine von ihr — dann konnte er den Rest auch haben.

Trudi röhrte wieder. Wie sollte sie es machen, die Sache mit dem Sichhingeben? Wirr standen ihre Haare ab. Richtig! Sie hatte doch vergangene Woche im Fernsehen gesehen, wie sich eine Asiatin auszog und nackt auf den Esstisch legte. Dann wurde sie mit buntem Gemüse, Fisch und Sushi belegt und die Männer aßen mit Stäbchen direkt von ihrem Körper.

Das war erotisch! Trudi überlegte.

Sie huschte ins Chefzimmer. Chefchen musste jeden Augenblick kommen. Sie räumte mit ihren behaarten Unterarmen den Schreibtisch frei. Warf das fein gerippte Höschen energisch zu Boden, zog die Gardinen zu, um in sinnliche Stimmung zu kommen und drapierte sich nackt auf der hölzernen Schreibtischplatte des Chefs. Nur die dicke Hornbrille behielt sie auf, wollte sie doch zu gern in die freudig erregten Augen ihres feurigen Liebhabers schauen. Jetzt fehlten bloß noch die Sushiteile. Woher nehmen? Die Nackte sprang vom Schreibtisch und klaubte sämtliche Dienststempel der Kollegen zusammen. Stempel statt Fisch. Der Geliebte kam ja gerade vom Essen. Da sollte ihr erotisches Fleisch mit Dekoration genügen. Es dauerte nur wenige Momente und Trudi lag in innerer Harmonie auf dem Schreibtisch. Auf ihrem Evaskostüm hatte sie sämtliche Bürostempel, derer sie habhaft werden konnte, kunstvoll verteilt. Gleich würde ihr neues Hermannchen kommen. Wild flackerte ihr Herz. Die hitzige Trudi hörte schon ein Rumoren auf dem Gang. Auch in ihren Lenden rumorte es.

Herr Bauer hatte üppig gegessen, fetten Schweinebraten mit Sauerkraut und Kartoffelpüree, heruntergespült mit einem alkoholfreien Bier. Das Chefchen näherte sich seinem Zimmer und rülpste ungeniert. Dass er dem leiblichen Wohl zusprach, sah man seiner Leibesfülle an, ruhig und behäbig war er über die Jahre geworden. Sein Freund, mit dem er zusammenlebte, schätzte einen Kerl von Format. Das gleichgeschlechtliche Paar liebte sich innig. Chefchens wurstige Finger öffneten die Tür. Merkwürdig dunkel. Er schloss die Tür hinter sich und knipste das Licht an. Für eine Sekunde war es ruhig. Der folgende Schrei gellte markerschütternd, beinahe, als käme er von einer Frau. So einen hellen Schrei fand Trudi ungewöhnlich. Nie hätte sie ihrem Chefchen diese Tonlage zugetraut. Erschrocken machte ihr gereifter Körper einen Satz, fiel von der Schreibtischplatte und knallte auf den Boden. Knackend brachen ein paar Knochen beim Aufprall. Stempel und Dienstsiegel flogen munter umher. Trudi wurde ohnmächtig.

Einen kurzen Moment lang glaubte Herr Bauer, zu erblinden. Frauen hatte er bisher Ikonen gleichgesetzt. Als er sich des Anblicks bewusst wurde, erfasste ihn ein Drehschwindel. Mit einem Schlag wurde ihm klar, warum er sich zeitlebens einer Zeugung widersetzt hatte. Der Zeugungsakt war vom Herrgott nur mit dem Zückerchen Orgasmus versehen worden, weil er sonst ganz und gar unerträglich wäre. Eine gnädige Ohnmacht entließ Herrn Bauer für eine Weile aus der Realität.

Trudi und das Chefchen teilten sich den Notarztwagen. Für die Dauer der Fahrt waren ihre Körper einander sehr nah. Näher, als es beiden lieb gewesen wäre.

Tampon oder Binde?

Geräuschvoll ließ Werner Buchholz seine Einkaufstüte auf den Schreibtisch fallen. Kollege Matthias Lohse zuckte zusammen.

Herr Buchholz und Herr Lohse arbeiteten im Stadtplanungsamt der Freien und Hansestadt Hamburg und hatten sich als gut eingespieltes Arbeitsteam bewährt. Herr Buchholz war der ältere der beiden. Seine zweiundfünfzig Lenze hatten ihm eine Vielzahl von grauen Haaren eingebracht und seine Brille korrigierte jene Kurzsichtigkeit, die man bei Beamten des mittleren allgemeinen Verwaltungsdienstes ohnehin vermutet. Vor drei Jahren hatte er seine Frau verloren und kümmerte sich seitdem allein um die dreizehn Jahre alte Tochter. Jana war sein Augenstern – ein lebhaftes Mädchen mit blonden Haaren und blitzenden grünen Augen. Den Tod ihrer Mutter vor drei Jahren hatte sie verschmerzt, besser als ihr Vater.

Matthias Lohse, ein fünfunddreißigjähriger Single, galt als gelegentlicher Freigeist und junger Wilder des Amtes. Seine Auszeit von der spießigen Enge des Beamtendaseins nahm er sich, indem er zur Westerngitarre griff. Abends spielte er gern in Künstlerkneipen. Auf diese Weise hatte sich Herr Lohse den Ruf des Verwaltungsexoten erarbeitet. Freigeister wurden im Rathaus zwar geduldet und respektiert, aber auch ein wenig mit Misstrauen beäugt. Man konnte schließlich nie wissen, wozu ein dermaßen rätselhaftes Sozialverhalten noch führen würde.

„Matthias,“ eröffnete Herr Buchholz schwer seufzend die Unterhaltung, „ich habe ein Problem.“

„Lass mich raten: Du hast festgestellt, dass du als Beamter des mittleren Dienstes immer nur der Arsch bist und jetzt, wo du weißt, was du bist, denkst du an eine kometengleiche Karriere als Politiker." Matthias Lohse ließ den Kugelschreiber fallen und lachte schallend über seinen eigenen Scherz.

„Oh, Mann, lass die Flachwitze! Ich habe ein echtes Problem. Ich glaube, Jana wird zur Frau."

Matthias Lohse verschlug es die Sprache, er schaute seinen älteren Kollegen verwirrt an. Eine kurze, orientierungslose Pause brachte ein wenig Spannung in das sonst öde Büro. Ein „Häh?" entglitt ihm und seine Augen stellten Fragen.

„Ja, du hast ganz richtig gehört. Jana klagt seit zwei Tagen über Bauchschmerzen und ich denke ... ich meine, es müsste ... du weißt schon, was ich sagen will."
Bedächtig verteilte Vater Buchholz den Inhalt der Kunststofftüte auf dem Schreibtisch. Zunächst eine Packung Binden Camelia normal, dann eine Packung Tampons OB mini und eine weitere Packung mit Monatsbinden in der Flügel-Variation. Die drei Produkte lagen geordnet auf dem Schreibtisch und zwischen den Männern. Stille breitete sich aus. Beide schauten ratlos auf das Ergebnis des mittäglichen Einkaufsrausches. Zellstoff und Baumwolle brachten die sonst munteren Kollegen zum Schweigen.

Matthias Lohse unterbrach das Schweigen.

„Bist du dir sicher?", raunte er verschwörerisch.

„Ich denke schon", antwortete sein Gegenüber ratlos und rieb sich gedankenvoll am Kinn.

„Oh, Mann, dann hast du ein Problem. Deine Schwester kann Jana das doch erklären!"

„Die ist in Urlaub."

„Verdammt. Du hast wirklich ein Problem.“
Eine erneute Stille schloss sich an. Zwei Männer, eine Stille.

Matthias Lohse unternahm erneut einen mutigen Vorstoß, um das Problem kurzerhand vom Tisch zu wischen.

„Ich denke, das brauchst Du ihr nicht zu erklären, das hat man Jana bestimmt im Biologieunterricht beigebracht.“

„Und wenn nicht?“
Zwei Männer, drei Pakete und eine ungelöste Frage ließen Sekunden zu Minuten werden.

Der junge Kollege packte die Herausforderung dynamisch bei den Hörnern. Weltmännisch ergriff er eines der Bindenpakete.

„Also, das ist doch ganz einfach.“ Er öffnete mit großer Geste die Packung, entnahm eine Binde und hielt sie in Richtung seines Mitstreiters. „Zunächst erklärst du Jana, warum ihr Körper das tut, was er jetzt tut. Dann nimmst du dieses Ding aus der Packung“, er zeigte auf die Binde, „und suchst dir eine Ersatzflüssigkeit.“ Er wies auf seinen Kaffeebecher.

„Danach gießt du den Kaffee auf das Ding.“ Matthias Lohse goss den Kaffee auf die mittlerweile vor ihm liegende Binde. „Und schon weiß Jana, was sie machen muss. Sie ist schließlich ein cleveres Mädchen. Siehst du, ist doch ganz simpel.“ Die Binde sog den Kaffee mit Sahne leider nicht auf und auf dem Schreibtisch entstand ein „mittelblonder“ Kaffeesee.

Herr Buchholz kratzte sich am Kopf und brummte. „Was ist, wenn sie doch lieber Tampons verwenden möchte?“

„Rede ihr das aus, das ist viel zu kompliziert“, sagte sein Kollege hastig, noch damit beschäftigt, seinen Schreibtisch mit Krepppapier vor dem klebrigen Kaffeeinferno zu retten.

Der ältere Mann schaute den jüngeren Mann fragenden Blickes über seine Brille hinweg an und seufzte. Eine echte

Hilfe war sein Kollege nicht. Vater Buchholz öffnete umständlich die Tamponpackung, schaute hinein und entnahm den Beipackzettel. Er las vor: „Die Geschichte der Menstruation ist eine Geschichte voller Missverständnisse ..." Vater Buchholz las nicht weiter. Vermutlich würde er dieses Problem nicht ohne Würdeverlust meistern können. Nervös bedingte Übelkeit stellte sich ein. Er wäre jetzt lieber an einem anderen Ort zu einer anderen Zeit gewesen.

Nachdem der unbekinderte Juniorkollege seinen Schreibtisch gerettet hatte, widmete er sich dem Ärgernis Tampon und versuchte, seinem Kollegen die sichtlich schwere Bürde zu erleichtern.

„Also, es ist doch ganz einfach. Du ballst eine Faust ..." – er ballte eine Faust – „... und nimmst so einen Korken ..." – er nahm einen – „befreist diesen von der Verpackung und dann steckst du das Ding von unten in die Faust" – er drückte den Tampon von unten in die Faust. „Schon weiß Jana, was sie machen muss. Sie ist ein cleveres Mädchen. Ich meine, sie kann doch abstrakt denken, oder?" Matthias Lohse machte fragende Kulleraugen.

Nachdrücklich beteuerte Herr Buchholz, seine Tochter könne selbstverständlich abstrakt denken. Das hätte sie schließlich von ihm. Er glaube jedenfalls nicht, dass seine Tochter mit einem Tampon in der Faust herumlaufen würde, um damit ihre Monatsblutung aufzufangen. Vater Buchholz bäumte sich innerlich auf. Wie konnte nur jemand seiner Tochter abstraktes Denken absprechen. Er grummelte vor sich hin.

Matthias Lohse hielt den Tampon in seiner Faust, das grüne Rückholbändchen schaute keck hervor. Es warf bei den Männern die Frage auf, weshalb es eigentlich grün sei. Sie verwarfen ihre Frage schnell und befanden, dass zunächst ihr

Primärproblem gelöst werden müsste, bevor man sich an die Feinheiten wagte.

Das Telefon klingelte.

„Geh nicht ran, wir sind dicht am Lösungsansatz", Matthias beäugte seine Faust, das Telefon klingelte enervierend weiter, „unter hundert Mal Klingeln ist sowieso nicht wichtig."

Herr Buchholz ging trotzdem an den Störenfried Fernsprechapparat. Jana war am Telefon. Vater Buchholz wollte die Sachlage sofort ansprechen, aus Angst, später nicht mehr den Mut aufzubringen. Er stotterte und drackste herum. Machte Andeutungen. Und verlor sich im Wirrwarr seiner eigenen Worte. Jana kicherte.

„Ach Papa, meine Regel habe ich doch schon seit einem Jahr. Ich habe das mit Tante Uschi klargemacht. Bleib cool, Du kannst mir sowieso nicht helfen. Du bist schließlich nur ein Mann und die können sich das nicht vorstellen, weil sie ja keine Periode haben ..."

Dem Verwaltungsbeamten Werner Buchholz fielen tonnenschwere Steine vom Herzen. In seine Erleichterung mischte sich ein anderes Gefühl. Eine innere Stimme sagte ihm allerdings beruhigend: Denk nicht weiter über das nach, was deine Tochter angedeutet hat. Genieße einfach den Erfolg, die Angelegenheit gut gemeistert zu haben. Befreit lehnte sich Werner Buchholz zurück und schob seine tiefer gehenden Gedanken in die geistige Ablage zur anschließenden Vernichtung.

Alwine

Das Geräusch ließ ihn erschauern. Es war jenes helle Sirren, das auch besonders lästige Insekten von sich gaben. Der Polizeibeamte Joachim Hagedorn hatte gehofft, dass er diesen Ton nie wieder hören müsste. Denn immer, wenn Joachims Gefühlsleben brauste, brauste es ebenfalls in seinem Ohr. Alwine war nah.

Edel präsentierte sich das Restaurant, stilvoll die Einrichtung. Man hatte die Tische im Gastraum hufeisenförmig angeordnet. Joachim saß weit hinten, ganz allein. Hufeisenförmig, das sollte doch wohl Glück bringen. Speisekarte studieren, Sirren ignorieren. Nach einer Weile klappte er die Karte so temperamentvoll zu, als könnte er mit dem klatschenden Geräusch Insekten vertreiben. Oder töten.

Die gewählte Menüfolge ließ ihm das Wasser im Mund zusammenlaufen, sie erregte ihn sogar. Man gönnt sich ja sonst nichts, dachte Joachim, als er dem Oberkellner seine Wünsche mitteilte und sich dann zurücklehnte. Freudige Erwartung und aufgeregte Spannung nahmen an seiner Tafel Platz. Muntere Tischgesellen. Sein Innerstes kündigte Alwine an.

Der Bitte-Sehr-Bitte-gleich-Ober servierte formvollendet die Vorspeise und erklärte seinem Gast die teure Kreation. Joachims Nase nahm die auf den Punkt gereifte Ananas wahr. Er zerteilte mit dem ersten Gabelstich das feine Gänseleberröllchen, hob einen Teil davon fast zärtlich auf die Gabel, führte sie zum Mund und schloss verzückt die Augen. Genuss war aufregend, sein Herz pochte vor Freude. Er öffnete die Augen und – Alwine saß auf dem Tellerrand. Nur Joachim konnte das Feenwesen sehen, allen anderen Menschen blieb ihr Anblick verwehrt.

Alwines Flügel schwirrten aufgeregt. Sie lächelte Joachim an und drapierte sich lasziv auf dem Porzellan.

„Guten Appetit, Joachim", säuselte Alwine, „ich habe dich vermisst, mein beamtischer Recke."

Joachims begabelte Hand erstarrte, die Gesichtszüge schlossen sich der Erstarrung an. Ein Gefühlskaleidoskop begann sich zu drehen. Er sammelte sich mühsam und setzte seine Nahrungsaufnahme fort. Alwine zu ignorieren war Schwerstarbeit. Joachim schwitzte.

„Weißt du," fuhr Alwine fort, „dass Gänse sich vegetarisch ernähren? Sie töten nicht, um zu leben." Joachim setzte stoisch seine Kaubewegungen fort. Alwine begann, mit ihrem herunterbaumelnden Fuß zu wippeln. Sie liebte es, zu wippeln. Auch das Wort Wippeln liebte sie.

„Schmeckt es dir?" Sie ließ eine kleine Pause entstehen. „Wusstest du, dass Gänse gemästet werden, um eine Fettleber zu bekommen? "Alwine wippelte langsam weiter. Joachim atmete durch. „Man drückt ihnen das Essen zwangsweise in den Schlund." Alwine bildete mit der einen Hand einen runden Ring und inszenierte mit der anderen kleinen Hand eine hineindrückende Bewegung. Joachim sah ihr zu und schluckte hart. Ganz ruhig bleiben, beschwor er sich.

Alwine hieß so wie Joachims Mutter. Kein Zufall. Er selbst hatte das flirrende Wesen so benannt. Ob das Gewissen einen Namen hatte? Ja, es hieß Alwine.

Alwine war der Grund für Joachims derzeitige Suspendierung vom Dienst. Joachim arbeitete als Verbrecherjäger. Hatte er den mutmaßlichen Täter gestellt, dachte er nicht weiter über ihn nach. Warum sollte er auch? Er war ausführendes Organ, das Missetäter einfing. Mehr nicht. Es kam jedoch immer öfter vor, dass er den Überführten schnell in Freiheit wiedersah, was seinen Unmut weckte. Das Feengeschöpf schürte seine Unzufriedenheit. Sie genoss dieses Gefühl sogar.

„Was sollen denn all die geschundenen Opfer denken, wenn sie schon nach ein paar Tagen ihren Peinigern wieder begegnen?“, sirrte sie, ihr helles Schöpfchen verdrießlich umherschüttelnd.

Richter Scholz war ein sehr sozialer Mann. Täter sind eigentlich auch Opfer und hatten oft eine schwierige Kindheit, lautete sein Wahlspruch. Alwine fand, jemand sollte dem Richter Scholz mal richtig „eins auf die Zwölf“ geben.

Alwine ließ Joachim keine Ruhe damit. Und so kaufte er sich in der Mittagspause eine Bratpfanne. Premiumqualität. Alwine meinte, Qualität zahle sich immer aus.

Richter Scholz hatte nicht einmal Zeit, sich zu wundern. Alwine schwirrte Joachim freudig voraus. Sie zeigte ihm, mit einer imaginären Bratpfanne in der Hand, den ausholenden Schlag. Joachim gab sich Alwines Anweisungen hin und dem Richter „eins auf die Zwölf“. Schlag ausgeführt. Richter Scholz fiel wie ein Baum von seinem lederbezogenen Richterstuhl. Gefällt. Für alle wirklichen Opfer. Alwine kicherte vor Vergnügen und klatschte mit ihren zarten Händen aufgeregt Beifall. Sie war stolz auf Joachim und seine heroische Tat.

Joachims Frau sah das anders, denn auch in der Ehe war die kleine Fee ein häufiger Gast. Sie saß oft auf dem Kopfteil des Messingbetts und feuerte Joachim an. Kam es zum Crescendo, nahm sie ihren Zauberstab und ließ kleine Sterne auf das Paar herabregnen. Sie liebte Aufregung. Joachim aber verkraftete die Einmischung nicht, wurde einsilbig und sein Eheleben verlor, je mehr Alwine an Einfluss gewann. Die Scheidung tat ihm sehr weh.

Joachim grübelte viel. Sobald er Wut, Aufregung oder große

Freude verspürte, war sein blonder, wippelnder Geist zur Stelle. Alwine liebte Gefühle, gleich welcher Art. Dann sprach sie als Gewissen zu ihm.

Mit der Scheidung hatte seine Frau Joachim ihre Zuneigung und die Kinder entzogen und forderte astronomische Unterhaltssummen. Ihm wurde es zu viel. Alwine aber stand treu an seiner Seite. Als Frau Ex-Hagedorn den Bogen überspannte, fragte Alwine ihren Beamten, ob er noch die Bratpfanne besitzen würde. Joachim schrie auf. Er hörte nicht mehr auf zu schreien. Alwine würde nicht locker lassen, das wusste er. Im Geiste sah er seine Unterhaltspsychotin blutverschmiert auf dem Fußboden liegen. Seine Kinder heulend neben der niedergestreckten Mutter stehen, um ihn mit großen, fragenden Kinderaugen zu quälen. „Vater,“ hörte er seine Kinder wimmern, „Bratpfanne ... Mutter ... warum nur?“ Sein Nervensystem kollabierte.

Besorgte Nachbarn sorgten für die Einlieferung in ein Krankenhaus, in eines mit vergitterten Fenstern, verschlossenen Türen und stabilen Sicherheitsgurten an den Betten. Alwine blieb für lange Zeit eine Persona non grata. Aus mit Wippeln.

Joachim wandte sich, angestrengt um innere Ruhe bemüht, seiner Hauptspeise zu. Der Kaninchenrücken erwies sich als Offenbarung, auf den Punkt zubereitet, zart und von unvergleichlichem Aroma. Eigentlich hätte Joachim jubeln müssen angesichts dieser kulinarischen Glanzleistung. Er aber genoss kontrolliert. Zu viel Gefühl und Alwine würde die Oberhand gewinnen.

„Kaninchen haben süße Knopfaugen, findest du nicht auch?“ Alwine lag auf der geöffneten Getränkekarte, langweilte sich sichtlich und war mürrisch. Erreichte sie doch ihren Beamten nicht. „Jedes Mal, wenn du etwas isst, muss ein entzückendes Lebewesen für deinen profanen Genuss sterben. Warum verspeist du alles, was vier Beine hat, nur nicht den Tisch, an dem du sitzt?" Eine Ader an Joachims Hals begann zu pulsieren. Deutlich zu pulsieren. Der Kellner näherte sich beflissen, fragte, ob alles recht sei.

„Weißt du, Joachim, bei Licht besehen setzt ihr Menschen euch an einen schön gedeckten Tisch mit vielen Messern und Gabeln, um es dann zu einem entsetzlich blutigen Gemetzel kommen zu lassen."

Joachim unterdrückte seine Gefühle. Nahm vorsichtig die lederne Getränkekarte hoch, lächelte Alwine kalt an und knallte die Karte mit voller Manneskraft zu.

„Darf ich ihnen noch etwas zu trinken bringen?", fragte der Oberkellner in servilem Tonfall. Joachim klappte die Getränkekarte sehr langsam auf und sah eine derangierte Alwine.

„Ich habe keine Lust, mich weiter verarschen zu lassen", raunte er der schwankenden Alwine gefühlsunterdrückt zu. Der Oberkellner nahm diese Äußerung persönlich, Alwine ebenfalls. Das zarte Feengeschöpf löste sich in feine Kristalle auf und entschwand.

Der Oberkellner stolzierte hoch erhobenen Hauptes in Richtung Küche. Er hatte doch nur gefragt, ob er noch etwas zu trinken bringen solle und dann antwortete dieser Flegel derart unverschämt. Wut schoss in ihm hoch über eine so erniedrigende Behandlung in diesem Haus der gehobenen Kochkunst. In der Küche angekommen, schäumte er.

„Da hinten sitzt vielleicht ein Spinner!", platzte er heraus, obwohl kein Kollege in Hörweite stand. Sechs Köche werkelten unbeeindruckt im hinteren Teil des großräumigen Garraumes. Aus den Augenwinkeln erspähte er eine kleine Figur auf dem Tellerregal.

„Hallo Bernd, mein Lieber“, säuselte die Miniaturausgabe einer Fee mit glitzernden Flügeln, „du musst dir nicht alles gefallen lassen.“ Der Kellner rieb sich ungläubig die Augen. „Bernd, mein flinker Kellner, du hast doch sicherlich eine hochwertige Bratpfanne griffbereit?“ Sie fuhr durch ihr champagnerfarbenes Haar und leckte sich genüsslich die Lippen. Bernd konnte seinen Blick nicht von ihr lassen. Alwine fühlte sein heftig hämmerndes Herz und jauchzte innerlich vor Vergnügen. Endlich wieder ein gewaltiger Gefühlsschwall. Achterbahnfahren. Alwine aalte sich in ihrem Element und begann, hektisch mit dem Füßchen zu wippeln ...

Stellungswechsel

Sugar wollte raus aus der Sache, einfach nur raus.

Sugar war natürlich nicht ihr richtiger Name. Margarete hieß sie in Wirklichkeit. Und selbst das stimmte nur zum Teil, denn Margarete stammte aus Polen und der Vorname in ihrer Geburtsurkunde lautete Malgorzata. Aber inzwischen hatte sie einen deutschen Ausweis.

Sugar war blond, diese typische Farbe, wie man sie von Polinnen kannte.

„Polinnen sind wohl genetisch bedingt nordisch-blond", witzelte ein Gast einmal darüber, „oder benutzt ihr alle die gleiche Tube?" Lachen konnte sie darüber nicht. Nein, sie musste wirklich endlich raus aus der Nummer.

Sugars Arbeitsplatz befand sich in einer gepflegten, hellgelben Vorstadtvilla. Neben der Haustür hing eine polierte Messingplatte mit der eingravierten Aufschrift: „Obsession". Zur Weisheit dieses Hauses gehörte, dass selbstverständlich jeder Mensch einfach nur Vergnügen haben kann. Wer jedoch seine „Obsession" finde, der finde auch seine Befreiung.

Sie arbeitete in der Abendschicht ab 19.00 Uhr. Die hellen Haare umrahmten ein zierliches Gesicht. Volle Lippen lockten herzförmig, vollkommene Brüste wippten einladend. Groß, fest und erstaunlich empfindsam waren ihre Auslagen, die kein Silikon benötigten – Sugar nannte sie ihr „größtes Kapital".

Als Kunden erschienen junge Männer, alte Männer, Ehemänner, Väter oder einfach nur scharfe Männer. Sugar übte diesen Job schon eine ganze Weile aus. Jedes Jahr bekam ihre Seele einen Altersring der Weisheit mehr. Es gab kaum noch etwas, das sie zu erschüttern vermochte.

Auch der alte Herr lässt meinen Jahresring wachsen, dachte Sugar. Der alte Herr machte es sich immer auf dem Ledersessel neben ihrem Bett bequem. Als sie ihn das erste Mal zu Gesicht bekam, war sie erstaunt, weil er so nett aussah und seine Katze unter dem Arm trug. Er hatte ausdrücklich nach einer rasierten Dame verlangt.

„Ich heiße Schmidt," stellte sich der ältere Herr vor. Sugar fragte nach seinem Vornamen.

„Herr", meinte er und wurde einsilbig. Der etwa siebzigjährige Herr Schmidt und Kater Joe waren ein seltsames Paar.

„Zieh deine Dessous aus", verlangte der silberhaarige Vertreter der Vorkriegsgeneration. Sugar gehorchte lächelnd und drapierte sich nackt auf dem Bett. Herr Schmidt öffnete eine kleine, mitgebrachte Tube und kam auf sie zu. Dann rieb er ihre gut rasierte Stelle sorgfältig mit dem cremigen Tubeninhalt ein. Es roch – deutlich nach Fisch.

„Komm Joe, such dein Leckerchen."
Kater Joe sprang gierig auf das Bett, in Richtung ihrer gespreizten Beine.

„Hole Dir, was Du brauchst, Joe", keuchte Herr Schmidt, zurückgelehnt in dem schwarzen Sessel. Die kleine, raue Zunge des Katers fühlte sich fordernd und gierig an und auch Herr Schmidt holte sich, was er brauchte ...

Ein anderer Weisheitszuwachs war Stammkunde Michael. Er besuchte sie immer gegen halb neun, kurz nach der Tagesschau. Michi sah lieb aus mit seinen braunen Kulleraugen, er wollte immer etwas Neues ausprobieren und Sugar ließ ihn machen. Michi war harmlos. Er fragte nie nach dem Preis der Dienstleistung. Sein Druck und sein Portemonnaie hatten wohl die gleiche Größe. Michi blieb unauffällig bis zum Heiligabend nach der Tagesschau.

Sugar schob Notdienst, denn am Heiligabend stand das Haus fast leer. Nur noch eine weitere Kollegin hatte Dienst und natürlich saß die Mutter des Hauses am Empfang.

Michi kam um halb neun mit bereits erhitztem Kopf.

„Sugar, ich hab dir etwas Schönes zu Weihnachten mitgebracht", – er gab ihr ein kleines Päckchen. Sugar freute sich und packte das Geschenk in ihrem Zimmer aus. Es war ein großes, schwarzes Tuch, sehr modern. Ein Pashmina, gefertigt aus kostbarem, weichem Kaschmir.

„Ich lege es dir gleich um", sagte Michi, schlang es ihr um den Hals und schob sie in Richtung des Wandspiegels, vor dem der einzige Sessel im Zimmer stand.
Der schwarze Schal passte sogar zu ihren schwarzen Dessous. Ihre Brustwarzen zeichneten sich unter dem leichten, spitzenverzierten BH ab. Mini-Tanga und schwarze Strapse bildeten einen harten Gegensatz zu ihrer hellen Haut.
Unvermittelt zog Michi von hinten den Schal zu.

Sugar versuchte, sich zu befreien, doch Michi drückte sie über die Lehne des Sessels. Grob riss er ihren Tanga herunter. Sugar hörte das Öffnen eines Reißverschlusses.

Hart drang er von hinten in sie ein, er nahm sie ohne Gummi und er nahm ihr die Luft. Ihre Brustwarzen waren schmerzhaft gespannt. Michi ließ ihr gerade so viel Luft, dass sie zwar keuchen, aber nicht schreien konnte. Mit unbewegter Miene beobachtete er ihr Gesicht im Spiegel. Seine Phantasien wurden druckvoll freigesetzt und seine Körperflüssigkeiten schließlich auch.

Als er von ihr abließ und sie endlich wieder Luft bekam, konnte Sugar nur krächzen.

„Verschwinde, hau ab und lass Dich hier nie wieder blicken", brachte sie kehlig hervor. Michis Jahresring der Weisheit war zwei Wochen lang in violetter Farbe an ihrem Hals zu sehen.

Ich muss endlich aufhören und ein geordnetes, christliches Leben beginnen, dachte Sugar. Eine Familie, Kinder, einen Ehemann und ein kleines Häuschen wünschte sie sich sehnlich. Sugar hatte bürgerliche Träume.

Ich bin katholisch aufgezogen worden, ich habe eine glückliche Kindheit genossen und wo stehe ich jetzt?, resümierte sie. Sugar besuchte jeden Sonntag den katholischen Gottesdienst in der Vergebungskirche St. Marien. Anschließend ging sie zum Beichten. Sie erzählte im Beichtstuhl ihre Erlebnisse und eröffnete ihre Berichte stets mit den gleichen Worten: „Herr, ich habe gesündigt." Der Herr und sein Pfarrer auf der anderen Seite der alten Holzwand des Beichtstuhls zeigten sich immer gnädig.

Der Pfarrer kannte die Geschichten von Herrn Schmidt, von Michi und allen anderen. Er hörte still zu. Jedes Mal ermahnte er sie, endlich ein ehrwürdiges Leben ohne Sünde zu führen und jedes Mal nahm Sugar sich das auch vor. Sie war sich sicher, Gott und Pfarrer Lorenz ständen an ihrer Seite, wenn sie den richtigen Weg in ihrem Leben einschlagen würde. Irgendwann ...

Der letzte Tag im Mai bot Anlass, diesen hehren Vorsatz endlich in die Tat umzusetzen. Ihr Dienst hatte wie üblich um 19.00 Uhr begonnen und schon beim Anziehen der spärlichen Berufskleidung verlangte der erste Kunde nach Sugars Dienstleistungen. Er wollte nur ein schnelles französisches Spiel. Sugar gab ihr Bestes, aber das dargebotene Prachtstück bereitete ihr einige Mühe. Die französische Spielart der Liebe hatte Vorteile, denn aus dieser halbhohen Perspektive musste Sugar der Sünde wenigstens nicht direkt ins Auge sehen.

An jenem Abend war heftige Stoßzeit. Zur Prime-Time war im Bezahlfernsehen ein handfester Porno gegeben worden. Nun fühlte sich jeder kleine Bürohocker wie der wohl gebaute Hauptdarsteller, dem es die Frauen begeistert auf Französisch besorgten.

Mehreren Besuchern hintereinander musste Sugar auf diese Art Entspannung verschaffen. Ihre Mundwinkel rissen ein. Der schlimmste „Gast" war ein ungehobelter und ungepflegter Kerl namens Mike. Er hielt ihren Kopf wie in einer Schraubzwinge und stieß immer wieder heftig zu.

An diesem Abend beschloss Sugar, sich endgültig aus ihrem Gewerbe zu verabschieden. Schon am nächsten Sonntag wollte sie zu Pfarrer Lorenz gehen und die letzte Beichte ihres sündigen Lebens abgeben.

Die Kirche leerte sich und Sugar ging auf den Beichtstuhl zu. Pastor Lorenz kam den Kreuzgang herunter und lächelte sie gütig an. Mit einem Kopfnicken verwies er sie in Richtung des Beichtstuhls.

Sugar war froh. Sie hatte der Mutter am Empfang gesagt, sie würde nicht mehr erscheinen, sie wolle ein normales bürgerliches Leben beginnen. „Obsession" verstand sich als freies Haus. So war man zwar nicht glücklich über Sugars Abschied, doch man wusste, dass alle Frauen nur eine Zeit lang dienten. Entweder wegen des Alters und der damit verbundenen geringen Nachfrage oder um ein neues Leben zu führen. Selten wurde das Haus gewechselt, denn im „Obsession" arbeiteten die Damen gerne.

„Vater ich habe gesündigt", begann Sugar ihre Erzählung. Sie berichtete von ihren letzten Sünden. In der Kirche wurde es still, die letzten Besucher des Gottesdienstes verließen den kalten Kirchenraum.

Sugar erzählte vom letzten Tag im Mai, an dem sie sich für den anderen Lebensweg entschieden hatte. Sie schilderte die Begebenheiten derart lebendig, dass Pfarrer Lorenz auf der anderen Seite nach und nach verstummte. Sugar gewann den Eindruck, er höre ihr gar nicht mehr richtig zu. Als sie vom kraftvollen Mike berichtete, hörte sie schweres Atmen von der anderen Seite des Beichtstuhles.

„Pfarrer Lorenz?", fragte Sugar, „hören Sie mir noch zu?"

„Aber natürlich, Sugar, natürlich höre ich dir noch zu." Pastor Lorenz klang erleichtert. Zu erleichtert für Sugars Empfinden.

„Mein liebes Kind, auch ich fange ein anderes Leben an. Ich gehe in den Ruhestand. Was hältst du davon, wenn wir dein vergangenes, sündiges Leben noch einmal Revue passieren lassen? Eine Aufarbeitung all deiner Sünden ist sicherlich gottgefällig. Am besten gebe ich dir meine Telefonnummer."

Durch den schmalen Schlitz in der Zwischenwand der Beichtkammer schob sich ein kleiner Zettel auf Sugar zu. Sie wusste, dass Pfarrer Lorenz soeben die Tür zu seiner Obsession geöffnet hatte. Die Sünde wechselte ihre Richtung ...

Famous Last Words

„Mehr Licht“, soll Goethe im Augenblick seines Todes gerufen haben. Ob das wirklich stimmte, wusste er nicht. Aber vielleicht, überlegte er lächelnd, werde ich es bald in Erfahrung bringen.

Opa Hermann saß am Fenster seines Schlafzimmers im ersten Stockwerk. Vor dem Fenster bog sich die winterkahle Birke langsam im Wind hin und her. Seine Tochter hatte ihm eine Decke über den Schoß gelegt. Der Hausarzt war nach der Untersuchung gegangen.

Müde lehnte sich sein grauhaariger Kopf im Lehnstuhl zurück. In Opa Hermanns Augen glomm nur noch ein kleiner Rest Feuer. Vielleicht, sinnierte er, sollte ich meinen Kindern und Enkeln etwas Schönes und Bleibendes mit auf den Weg geben. Welche letzten Worte könnte ich wohl an die Welt richten?

„Achtet einander, wir werden uns wiedersehen.“ Das hätte eine Perspektive. Er verwarf den Satz, denn der unliebsame Schwiegersohn wäre bestimmt auch zugegen, wenn er seinen letzten Atemzug tat. Das Wort „Wiedersehen“ gefiel ihm nicht, sobald er an den Schnösel dachte.

Möglicherweise brauchte er sich jetzt noch keine Gedanken um letzte Worte zu machen. Er würde es genau wissen, sobald seine Tochter wieder hinaufkäme, die Treppe knarrte schon von ihren Schritten.

Opa Hermann war immer begeisterter Whiskytrinker gewesen. Wegen des zunehmend schlechteren Gesundheitszustandes hatte ihm seine fürsorgliche Tochter das Trinken des braunen Lebenswassers jedoch verboten.

„Nun, was hat der Arzt gesagt?“, fragte er sie. Er sah ihre besorgten Augen. Seine Tochter erwiderte, dass alles zum Besten bestellt sei, aber sie schaute ihn dabei nicht an.

„Darauf sollten wir einen Whisky trinken!“, Opa Hermann versuchte, fröhlich zu klingen. Sie ging schweigend wieder hinunter, um die Flasche „Glenfiddich“ zu holen. Opa Hermann beschloss, an seinen letzten Worten zu feilen.

Seine zittrige Hand umschloss das schwere Whiskyglas. Der Whisky tat ihm gut, langsam rann die brennende Flüssigkeit seine Kehle hinunter. Ein gutes Gefühl, dachte er, ich werde es vermissen, zu fühlen. Ein wenig bitter lächelte er. Humphrey Bogart soll in seinen letzten Minuten gesagt haben: „Ich hätte nicht von Scotch zu Martinis wechseln sollen.“
Was für ein Kerl! Was für eine Dummheit, Martinis ...

Er nahm noch einen kräftigen Schluck. Ungemein praktisch, dass Medikamente schneller wirken, wenn man Alkohol dazu trinkt, fiel ihm ein. Opa Hermann hatte Magenkrebs im Endstadium.

„Nie wieder Gemüse“, war die nächste Idee. Aber die würde seine Tochter, die ihn mit gesundem und püriertem Essen traktierte, bestimmt nicht mögen.

Er dachte an Emma, die lange vor ihm gegangen war. Emma, dieses schelmische kleine Ding. Schon in jungen Jahren hatte er sie wegen ihrer fröhlichen Art zum Weib genommen.

„Emma, ich komme.“ Opa Hermann lachte und musste husten, dieser Ausruf gefiele seinem lieben Schelm sicherlich gut. Beide würden sie mit ihrem Humor das Himmelreich zum Bersten bringen.

Seine Tochter half ihm ins Bett und deckte ihn behutsam zu. Währenddessen grübelte er, welche letzten Worte zu ihm passen könnten. Aber seine Kräfte reichten nicht mehr. Er sah seine Tochter an und sagte „Gute Nacht, mein Liebes."

Inhalt

S. 5   Fromm und Hagelstein

S. 12   Regierungsobersekretärin Katrin Schmitz

S. 15   Regierungsobersekretär Karl-Heinz

S. 19   Verdorbenes Fleisch

S. 26   Esst mehr Obst

S. 31   Der Tod in Woodchurch

S. 39   Leistungs-Show

S. 44   Weibliche Problemlösungstechnik

S. 50   Stress im Bauamt

S. 57   Lotti

S. 63   La Fée Verte

S. 69   Spiegel

S. 75   Quarkboller und ungezügelte Lust im Einwohneramt

S. 83   Tampon oder Binde?

S. 88   Alwine

S. 94   Stellungswechsel

S. 100 Famous Last Words

Außerdem von Wolfgang A. Gogolin erhältlich:

DER PUPPENKASPER
Weibliche Macht – Männliche Ohnmacht

Tim bekommt als Achtjähriger ein Aquarium geschenkt, mit hübschen Männchen und hässlichen Weibchen. Das Aquarium wird zum Symbol seines Lebens: Alleinerziehende Mutter und Emanzen-Lehrerin möchten ihn zum Frauenversteher erziehen.
Denn Frauen sind seit Jahrhunderten schutzbedürftige Opfer, Männer dagegen Täter. Tim erlebt im Lauf der Jahre, wie er selbst gegenüber Frauen benachteiligt wird. Beim Wehrdienst, im Berufsleben, sogar vor Gericht. Das ist nicht mehr amüsant. Tims Leben verläuft anders, als Mutter und Lehrerin sich das dachten.Ganz anders...

ISBN 3-8334-0946-0   126 Seiten   Euro 7,90

www.puppenkasper.de